KB039911

나무 뒤에 기대면 어두워진다

위선환 시집

나무 뒤에 기대면 어두워진다

달아실 시선
13

달아실

일러두기

본문에서 하단의 > 는 '단락 공백 기호'로 다음 쪽에서 한 연이 새로 시작한다는 표시이다.

시인의 말

첫 시집 『나무들이 강을 건너갔다』와
둘째 시집 『눈 덮인 하늘에서 넘어지다』의
합본合本이다.

두 시집에 실었던 「탐진강」 연작시 17편은
따로 발간한 시집 『탐진강』에 모았으므로 뺐고,
더하여 교정하고, 몇 편의 시를 지우는 등
개정했다.

시를 사랑하는 모든 사람의 '시사랑'을
사랑한다.

2019년 2월 1일
위선환

차례

나무 뒤에 기대면 어두워진다

2부

1부

나무들이 강을 건너갔다

해안선

장기곶의 갑각岬角에다 등을 붙이고 누웠다 그럽고, 가진 것이 그것뿐이므로 살가죽과 머리털을 고루 펴서 널어두었다 이슬 내려서 적시고, 내가 젖고, 한밤에는 바닷물이 밀려와서 나란히 눕더니 뜬눈으로 지새운 해안선이 척척하게 젖어 있다

수척하다

오금과 턱 밑에서 주름이 자라고

뼛속까지 식고

구부러지고 늙었다 오늘은

어느 바다의 저물녘에 가 닿으려는지, 구름장 겹쌓인 일몰의 틈새기에

꼭 끼는 둥지 하나 마련하려는지,

삐걱대며 낡은 죽지를 저어가는

늙은 갈매기 한 마리

며칠째 날아온 물너울 위를, 아침부터, 또, 저렇게

날아가고 있다

울음소리 목 잠기고

발가락 굽었고

자주

지친 날개 끝을 파도 꼭대기에 세운다

날개 끝이 모지라진다

나무들이 강을 건너갔다

산등성이에 바람 불자 나무들이 골짜기로 내려오더니 그늘 깊은 산자락에 멎었다 며칠 지나고 해가 짧게 저물면 사람들은 집으로 돌아가서 창이 있는 방에 불을 켤 것이고 갈 곳이 없는 사람은 나무 아래에 남아서 바람 소리를 들을 것이다 밤에는 별빛이 지상의 모든 둥지에 닿으며, 곤한 새들은 솜이불처럼 두텁게 잠을 덮는다

여러 날이 찬 이슬에 젖는다 무릎을 말리고 앉아서 나는 고요하다 하늘은 높고 구름은 멀리 흘러가서 돌아오지 않는다 아무것도 생각하지 않는다 무심해져서 나무 꼭대기로 햇빛이 쏟아져 내리고 가지 아래로 한 잎씩 잎이 지는 것을 바라본다 묵은 머리칼 틈에서 먼지 같은 살비늘이 떨어진다

한 사람을 오래 기다린다 가까이 머물던 사람이 더러 죽고 어떤 이는 내 손으로 묻었다 산그늘에다 잎사귀들을 묻고 나서 고독해진 나무들이 뿌리를 옮기며 강으로 걸어오고, 강에 물이 돌아오고, 나무들은 강가에 늘어서서 물끄러미 물속을 들여다본다

오후가 되어서야 강물에 하늘이 비치고 비늘구름이 돋아

나서 나무들이 강을 건너갔다 강물에다 징검다리를 띄우고, 징검다리 밑에 하늘과 구름과 물그림자를 깔고, 돌팔매가 둥그렇게 그려둔 물무늬도 깔고, 물소리를 재우며 건너가서는 이내 적적해졌다

산등성이에서 바람이 자고, 골짜기를 더듬으며 어둠이 내려오고, 강 건너편에서 나무들의 꼭대기가 한 줄씩 검어지더니, 어두워지며 이내 보이지 아니한, 지금은 캄캄한 나무들 사이로 한 사람이 몸을 들이밀고 있다

사람들

서울역 지하도에 걸인 한 사람이 엎드려 있습니다 쑥대처럼 웃자란 머리털이 뒤덮어서 사람은 보이지 않습니다 던져놓은 듯 내놓은 손바닥만 보입니다

먼지 끼고 금이 간 손바닥 두 개, 바로 앞에

파이듯

어떤 이의 깊고 푸른 발자국이 찍혀 있습니다 사람의 그윽한 눈빛을 놓아두고 갔습니다

그늘에

감나무 가지 밑에 감나무 그림자가 켜켜로 쌓였다. 그래도 가지 밑을 꽉 채우지는 못했다. 틈새가 있어서 들여다보인다. 틈새에서 아이가 아장걸음으로 걸어나왔다. 발뒤꿈치에 물빛 비늘잎이 몇 잎 붙어 있다. 갓 핀 잎눈에는 어린 영혼이 말간 눈을 뜨고 있다. 쓸어놓은 마당 한쪽으로 환한 빛을 쫓아가는, 아이는 성자다.

눈짓

가을이 깊어지고 찬바람이 불자 새들은 우듬지를 내려와서 잎이 아직 붙어 있는 곁가지에 숨었다 며칠을 이어서 남은 잎들이 떨어지고 곁가지들의 사이와 사이가 가린 것 없이 드러나자 새들은 머뭇거리며 나무를 내려오고 땅바닥에 쌓인 가랑잎 틈에 숨어서, 떨며, 무한하게 푸르고 먼 하늘을 바라보고 있다

내일은 나뭇잎이 모두 날려 가고 맨땅이 드러나서 식을 것이다

살가죽을 벗어주고 뼛조각도 죄다 발겨서 내주고 목숨만 남은 내 영혼도 새의 가슴털 밑에 몸을 묻고 떨면서 저 무한 시공을 내다보고 있다

이슬

우주의 한 귀퉁이에서, 라고 하면 막막하다 은하계가 돌고 있는 궁륭에서, 라고 해도 까마득하다 가깝게는 저기 있는 별자리에서, 라며 머리 위를 가리켜도 몇 백 광년이나 멀고 마침내 눈물겹다

여러 날을 하늘의 꼭대기가 말갛게 젖더니 잔 물방울들이 맺혔는데

나는, 기껏, 사람의 턱 밑에다 손바닥 두 개를 펴들었으니 ……

정적

요사이는 이슬이 내려도 땅이 젖지 않는다. 풀씨도 까맣게 떨어져서 먼지에 묻혔고, 지금은 가린 것 없이 드러난 하늘 복판에 등 굽은 매미 한 마리가 딱 붙어 있다. 절족節足의 끝마디를 찔러 넣어서 하늘의 피막을 찢고는 윗몸을 잔뜩 디밀어서 뒤편을 내다보는 것인데, 하늘의 뒤편이라 해야 별빛 하나 없고 이슬이 마르거나 풀씨가 떨어져도 소리가 들리지 않는 그저 깜깜한 정적일 뿐이지만, 걱정인 것은, 그런데도 그걸 내다보느라 정신을 놓아버린 탓에, 지난번에는 내장이 다 흘러서 껍데기만 남아도 모르더니, 이번에는 껍데기마저 헐어서 뱃바닥이 벌어지고 다리 마디들이 빠지는데도 낌새조차 못 알아채는 것이다.

날개

잠자리 날개 하나 떨어져 있다 투명하던 막질膜質은 부서졌고 그물 모양의 시맥翅脈만 집힌다

나뭇잎들도 잎살이 다 삭았다

날벌레들이 공중에 걸려서 떠는 기척이나 맥상脈相만 남은 잎사귀들이 바람에 날리고 흩어지는 낌새 때문에 내가 마르는 것이지만, 바짝 마르다보면 삭정이에서 옹이 드러나듯 사람 몸에 묻어둔 아픔도 드러나는 것인지, 날씨가 추워지자 겨드랑이에 묵혀둔 생채기가 도드라지면서 거죽이 트고 살이 헐더니 쩍 입을 벌렸다

손을 깊숙이 찔러 넣는다 퇴화된 돌기가 만져진다 날개뼈의 둥근 윤곽이 맞물려 있다

그리고

손에 꼭 쥐어지는

허공 하나도,

골짜기

서리 내리자 뒷산 등성이가 허연 등허리를 구부리고 주춤주춤 아래로 내려오고 새들도 종종걸음으로 산등성이를 내려왔다

내 몸뚱이도 가을이 깊다 된서리 덮이고 새들은 내 등허리에다 발자국을 찍으며 내려간다

고작 새들이 걸어간 것인데 나는 밟히는 대로 무너졌으므로 허물어진 살가죽 들어내고 부러진 뼈 토막들 치우고 휩쓸려 묻힌 새 발자국도 집어내고

바라본다 추운 산의 골 바닥에다 서릿발 헤쳐 놓고 새들은 어디로 갔는가 사람의 가운데로 쓸려 내려간 골짜기가 으슥하다

등허리

온몸을 뒤지며 구석구석에 묻은 먼지를 털고 머리 꼭대기에 얹힌 지푸라기 몇도 꼼꼼하게 집어내는 요즘인데, 등짝에는 손이 닿지 않는다. 뒤쪽이 멀 때는 기대거나 안기고 싶은 게 사람이지만, 그래봤자 갈수록 쓸쓸하더니, 등 뒤에 흙먼지 일고 가랑잎 구른 지 오래다. 그래도 폐허라 하니 괭이로 찍고 쇠꼬챙이로 찔러보는 것인데 기껏 돌밭이나 찍히고 흙더미가 헐릴 뿐, 파헤치다 만 등가죽 여기저기에 땅벌레 구멍이 숭숭 뚫려 있다. 사람이기 때문에 손이 닿지 않는 뒤쪽이 등 뒤에 있다. 거기로 바람이 들어온다.

그림자를 밟다

앞서거니 뒤서거니 또는 옆서거니 했는데, 발바닥을 서로 밟는 일이야 당연하고 발뒤꿈치를 차거나 발등을 밟아도 그러려니 했는데, 지금은 다르다. 무릎뼈를, 다음에는 아랫배를, 그다음에는 갈비뼈를 차례로 밟아서 부수고 이제는 목줄기를 밟아서 부순다. 삭정이 같구나. 갈수록 경사가 위험해지는 계단을 밟아 내려가는 한낮, 밟힐 듯, 조심해서 발을 내려딛지만 아차, 그만, 고작 남은 정수리께를 디디고 만다. 발밑이 푹 꺼지고, 나도 무너져 내린다.

조막손

아프고 야위는 것이 다 손금 때문이라는데, 죽는 날까지 그럴 것이라 해서, 마음 다져먹고 움켜서 힘껏 쥐어버린 것입니다. 움켜쥐었으니 어떠한가, 두 눈 부릅뜨고 살펴보았더니, 쳐다보이는 것이라야 고작 이마에 내려앉은 주름살 뭉치고, 내려다보이는 것도 흙먼지 풀풀 이는 발바닥입니다. 어중간에다 쥐어놓은 손등마저도 해진 가죽과 뼈 토막 무더기입니다. 이러니, 참으로 허무해서, 원래가 이랬구나, 놓아주자, 했습니다만, 그리되는 일도 아니었습니다. 움켜쥐자마자 살煞맞은 듯 손아귀가 쑤시더니 찔리고 아픕니다. 크고 뾰족한 가시가 박히면서 살이 찢어지고 뼈가 벌어지는데…… 주먹이 펴지지 않습니다.

거미

여러 날 나뭇잎이 쏟아졌다. 숲머리에서 날리고 흙바닥에 쌓이고 돌과 뿌리를 덮었다. 나무들의 사이와 사이가 무너지고 자욱한 티끌이며 먼지가 모두 가라앉아서 지금은 훤히 트인 공중에 거미 한 마리만 매달려 있다. 실을 모조리 뽑아내서 텅 비었구나. 하늘빛이 비쳐서 거미의 안팎이 하나로 새파랗다. 은빛 햇살 한 올이 수직으로 거미의 허리를 꿰었다.

서풍부西風賦

여기서 보면 대륙의 해안에서 부서지는 파도가 사납고, 그 너머 모래벌판에서 이는 큰 바람이 서해를 건너오며 불어대는 소리 가까운데, 아까부터 기다랗게 목을 세운 재두루미 한 마리가 갯벌에 서서 캄캄하게 날아오는 모래더미를 지켜보고 있다. 어느새 모래바람 쏟아진다. 물결 위로 모랫등이 드러나면서 앞바다가 묻히고, 갯벌에 밀물이 묻히고, 이윽고 재두루미의 뒷머리가 묻힌다. 지금 외파수도를 넘어오는 파도 머리는 새카맣다. 그 파도가 나를 넘어간다.

전조前兆

늙은 어부와 나, 이마가 물들어서, 놀이 타는 하늘과 얼비치는 바다를 바라보고 섰다 발톱 세우고 바닷고기를 사냥하는 물수리 한 마리, 수평선을 움켜쥐고 솟구치더니 놀 한쪽 귀퉁이로 날아가고, 그러고는 조용하다

조짐이라고, 내일은 비바람이 불어닥친다고, 놀의 뒤쪽에서 몰려오는 태풍의 검은 덩어리를 늙은 어부는 미리 보았다

굵게 말뚝 깎아서 박고, 한 척 남은 쪽배를 묶고, 찢긴 노櫓깃은 손질해서 어깨에 메고, 그이는 오두막으로 돌아갔다 더는 묶어둘 쪽배가 없지만 어디에도 갈 곳이 없으므로

바닷가에 남은 나는 나를 단단하게 말뚝 박는다

우수절

남쪽에 내린 비가 땅을 적시며 올라오더니 내다보이는 길바닥이 척척해졌다. 겨울의 마지막에 내리는 빗발은 차고, 비를 맞지 않아도 나는 목덜미가 식는다. 비는 어둡도록 내리다가 문득 들어서는 것이므로 문을 잠그지 않는다. 작은 뜰을 적시고, 유리창에 얼굴을 대고 흐르고, 빗물 뚝뚝 흘리면서 들어와서는 여러 겹 젖은 제 몸을 한 겹씩 벗는 것인데, 빠진 발톱 두엇 집어내고, 반 넘게 센 머리칼은 말려서 털고, 그러고는 내 팔을 끌어다 베면, 간 겨울에는 참 많이 야위었구나, 뼈마디가 잘게 집히는 등허리에서 매만지는 손가락이 떨고, 속울음 울고, 어깨가 얼어서 비는 춥다. 어쩌겠는가. 내가 살가죽을 벗어 빗줄기를 덮고, 깊게, 안으로 끌어안는 밖에.

빈 가지를

멧새 무리가 가지 끝에 앉아서 지저귀고 있다
가지 끝에는 하늘이 푸르고
멧새 같은, 작은 새가 되어서는 작은 소리로 부르는 것을,
속깃만 털어도 가벼워지는 것을,
새소리 울리는 맑은 하늘이면, 새의 혓바닥에 젖는
작은 하늘이면
가까워도 되는 것을, 손가락 세워서
가리켜 보이는 것을,
하늘에 흘러가는 강물 한 줄기
보지 못하고, 물줄기를 질러간 새 떼가
강 건너 언덕에다 먼지바람을 일궈놓고 가는
자욱한, 날개 치는 소리에는
귀먹고
그사이에 어두워지는 하늘 밑에 서서
새들이 흔들어두고 떠난 빈 가지를 쳐다보는가
빈 가지보다 먼저 사람이 어두워지는가

먼지바람 같은

나무 아래 그늘과 구멍 난 벌레집을 쓸고
서릿발에 찍힌 새의 발자국을 쓸고
햇살 부러진 토막과 별빛 마른 얼룩도 쓸었으니,
하고
빗자루를 세워둬야겠지만
생각하는 것이지
갓 쓸어놓은 마당일수록 짙게 파이는 사람의 그림자는
어찌해야 하는지
마당을 마저 쓸어내면 그 자리가
맑아지는가,
하고
그러다가 아차, 놀라서 두리번대며
물어보는 것이지
땅 밑에 들여다보이고 공중에 쳐다보이는
저 먼지바람 같은 적막은
또, 어떻게,
쓸어낼 것인가,
말 것인가를,

추락

들개가 나를 먹었다
달고 부드러운 살을 씹고
내장에 담긴 어둠을 먹고
죄를 핥고
뼈를 갉고
잔주름까지 다 삼켜서 나는
오직
허무해졌다
들개는 미처 몰랐다
사람이 얼마나 고약한 독인가를
사람의 사방이 얼마나 위험하게 깎아지른
절벽인가를
나를 먹고 중독된 들개가
몸을 비비틀며 날뛰다가
절벽 아래로
무한하게 추락한다
컹컹,
공중에다
나를
푸른 독 한 점으로
뱉어놓고,

별쬐기

손등에서 먼지가 인다 몸의 외진 구석에 탄가루가 묻어 있다 버력더미에 나앉은 선산부 김 씨, 바람기 같은 잔기침을 하며 별을 쬔다 갈비뼈에 오한이 쌓인다 진폐증 말기의, 폐장을 다 빨아먹은 죽음의 뿌리가 사지의 마지막까지 내려가 있다 마른 핏줄이 하얗게 드러난 잔명殘命의 정수리로 남은 며칠의 햇살이 내린다

이마가 따뜻하다
둥글게 만져지는 영혼 하나,
금가고 주름 파인 질그릇 한 점으로
구워지고 있다

모를 일이다

김가를 찾아가서 술 한 잔 했다
아주머니의 무덤을 열었더니 아주머니는 없고
삭은 흙무더기뿐이어서
흙 한 삽 떠 옮기고 이장移葬을 마쳤다고,
서른 해를 서 있던 그리움도
선 키대로 묻어두고 왔다고, 울었다
울고,
허물리듯
조용히
무너져 내렸다
나는 모른다
그리움이 얼마나
오래도록
키를 키우며 살을 벗는지
적막한 어느 발밑을 허물고 있는지
돌아오는 길에는
별도 없었다 깜깜한 돌멩이 하나
걷어찼다
모를 일이다
나도
아래가 무너졌다

웅덩이

정신 나가서 죽을 날을 지나쳤으므로

흙 한 줌 쥐어서 벌레 한 마리 빚는 것인데, 기는 흙벌레 쫓아서 파내려가는 것이고
한참을 파서 키를 묻고 거듭 파서 나를 묻으며
괭이질하다 보면
저승 바닥에라도 닿는 것인데
그 바닥에 움푹 괸 물웅덩이에다
시키는 대로
목 빼 들이밀고 진탕 속을
들여다보는 것인데
그런데
그게
사지 비끄러맬 십자목十字木도 없이
빈 하늘에다 머리통 박고
거꾸로
매달려 있는……

무엇이 되어 어디로 갔는가

쌓인 눈이 푸르다 산자락에 묻힌 화엄산림華嚴山林의 날들을 더욱 깊이 묻었다

묻히고 묻은 눈밭에다 만 개의 발자국을 찍어놓고, 눈 덮인 산허리를 스치면서 날갯자국도 찍어놓고, 산새 무리는 무엇이 되어 어디로 갔는가

눈 그친 마을 어귀에 오래 서 있어도 새 한 마리 없고, 지리산 등성이 너머 갠 하늘에 까맣게 흩어져 있는 저 모래알 같은 새소리를, 무심하게, 문득, 듣는다

그 겨울의 거처

11월에 늦은 비가 내려서 처마가 젖었다. 마른 잎사귀들은 젖으며 흙바닥에 묻히고, 나무들은 굽은 뿌리의 틈새로 지상에 남은 벌레들을 불러들였다. 이튿날은 추워서 하얗게 서리 내리고 찬바람이 불기 시작했으므로 저기 외진 기슭의 아래쪽 고적한 겨울 거처로 사람을 옮긴다. 등골뼈를 짐 지고 일어서는 일이 우선 힘겹다. 허리가 푹 꺾이면서 위험하게 기운 나의 눈 바로 앞에 튀어나온 처마가 날카롭다. 그 끝이 새파랗게 얼어 있다.

겨울비

고래가 누웠던 자리에 빗물이 고이고 있다 칠게들은 흩어지며 뻘 구멍을 덮고 들어가더니 더듬이를 세우고, 더듬이 끝에는 작은 불을 켜고, 등껍데기가 젖어서 엎드려 있다

갯벌 끝에서 사내가 걸어왔다 사내는 사정이 없었다 발끝부터 뼈마디를 디디며 오르더니 허리까지 빠지는 사람의 가운데를 일직선으로 걸어서 뒤통수에다 질흙 묻은 발자국을 찍어놓고 갔다

바다를 떠나지 못한다 멀리 나간 썰물이 돌아오지 않으므로 드러난 뻘 등에는 얼음의 조각들이 박혔고 칠게들은 엎드려서 신열을 앓고 있다 겨우내 바다에서 고래가 운다

들샘

가을걷이가 끝난 뒤로 들이 비고 가물었다 바람이 북쪽에서 불어서 들판에다 먼지구름을 피워 올리고 머리털을 뒤헝클어 놓더니 며칠 뒤에는 들판이 푸석해졌다 나도 푸석해졌다

들샘 하나가 여러 날을 견디면서 물을 뱉어낸다 놀랍게도 흙바닥이 젖더니 한 뼘 넘게 물이 고이고, 땅갈이 한 날 보습날에 갈리어 파묻혔던 구름 두어 점 흘러들고

흰 구름 둥둥 뜬 바닥물에 가라앉는 것은 햇살 부신 하늘이 아닌가

혓바닥에 얹어둔 채 넘기지 못했던 목숨의 덩어리를 꿀꺽 삼킨다 목구멍 아래로 한참이나 내려간 밑바닥에서 찬 샘물이 차오르고, 모르는 젖은 손이 내 몸의 구석들을 고루 만진다

그사이에 들샘이 넘쳐서 들판이 씻기고 한 사람은 고개를 묻고 엎드려서 땅속까지 뻗어 내려간 바람의 뿌리를 닦고 있다

세한도

해마다 겨울이 얼고 올해도 얼자 벌판에 선 나무 한 그루 얼고 눈빛 날카로운 까마귀 한 마리 언 나무 꼭대기에 올라앉아서 몇 겹째인지 얼어붙는 하늘을 쳐다보고 있다

어느 하늘 복판에서 부딪치는 푸른 눈빛으로 만나려는지,

오래 쳐다보면 눈자위가 어는 겨울의 천공에서 단단하게 얼은 눈물 한 방울이 몇 천 광년을 낙하해 오더니 툭, 땅바닥에 떨어졌다 겨울과 벌판과 나무들이 부서지고 정적이 깊다

지상의 한끝에 서서 몇 천 광년도 넘게 깊어져버린 벼랑 아래 밑바닥을 내려다본다 까마귀가 날개를 펴고 까마득히 하강하고 있다

내 눈에 얼음 들고 짱짱하게 얼은 눈물 한 방울 받아든다

해빙기

지금쯤 남녘에는 빛이 차서 동백 잎사귀들 반들거리고 다산초당 앞마당에 얼어붙은 산그늘은 다 녹았을까. 그 산중턱에서 내려다본 강진만에는 갯고랑이 넘치도록 물이 불고 눈 녹은 물에 떠내려온 탐진강을 만나서 첨벙대며 몸을 섞고 있을까. 북쪽으로 돌아가는 늙은 새들은 아직 얼음이 풀리지 않은 땅을 건너가며 쇠약한 죽지와 굽은 발톱들을 얼음판에 부딪치리. 대궁만 남은 갈대밭에 깃털 흩어지고 갈잎 묻힌 진흙 바닥에는 드문드문 발톱자국들 찍히리. 갈대밭 너머로 궁금한 옛 땅을 바라보는 가슴 무너지고, 갈비뼈 드러난 개울 바닥으로 물줄기 여럿 흘러드는 것 보이더니, 바닥물 고이자 이내 밀물이 밀려들어서 아랫배가 잠기고 젖가슴이 불고 숨통까지 차올랐던 게지, 배가 부른 강진만이 첫 몸을 푸느라고 저렇게 허연 사지를 뒤집는다.

별무덤

남산에 가면 별빛이 손끝에 닿는다

그리움은 이마를 젖게 하고 머리칼을 적시고

별빛을 쏟아지게 하고

더욱 그리울 때는 손을 멀리 내밀어

별을 닦는다

사람들은 모른다

울음 우는 눈으로 보는 하늘에는

왜 별자리 하나가 비어 있는지를

그 별 한 자리 걷어내서

남산 풀밭에 묻어두었다

그리고 함께 나를 묻었다

사온일四溫日

새들이 바람의 구멍을 열어놓고 떠난 뒤로 가지들 사이가 무한하게 비어 있다 햇빛에 먼지들이 닳는다 그중 몇 개가 빛 차 있는 대기 속으로 떨어져 내려온다

손바닥을 펴 들고 서 있어도 기다림은 한참이나 길겠구나

풀씨들이 익고 떨어지고 묻힌 다음이다 꽃눈 다듬어서 곤하게 재워둔 잔가지 마디에 요 며칠 햇살이 머물더니 꽃술 묻힌 살 둔덕이 따뜻해졌다

언제쯤에 물감 찍히듯 분홍물 들려는지

사과나무밭

남쪽에서 떠나는데 사과나무 한 그루 가지를 쭉 뻗어서 내 안으로 들이밀더니 잘 익은 사과 한 알을 떨어뜨려 주었다

달고 찬 과육을 다 삭이자 내 안에 남은 것은 잘디잔 씨앗 여러 개, 까만 알몸들을 뒤척이며 초록 싹눈을 틔우고, 뿌리내리고, 잔가지 뻗친 잠시 만에 동그랗게 망울져서 부푸는 것은 하얀 꽃잎을 한입씩 베어 문 꽃망울들 아닌가 어느새 나는 흐드러지게 꽃 핀 사과나무들로 꽉 찼다 이 꽃들이 꽃보라로 진 다음날에는 작고 푸른 열매들이 주렁주렁 달려 있으리 열매들을 키우고 열매 속에다 단물을 채워줄 햇빛이, 햇빛 환하게 내리는 하늘이 있어야 하리

어디쯤에 볕 잘 들고 흙알갱이 고운 과수원이 있는지, 부지런한 주인은 과수원의 하늘을 잘 닦아두었는지, 그 과수원의 한쪽에 남은 땅이 있는지, 알아보러 나는 지금 남쪽으로 간다

풀꽃

언덕과 언덕 너머 들판에서 시선을 거두어들인다 가까이 와 있을 것이므로 이쪽 풀밭에다 햇살을 모으고 흙을 골라두었다 뿌리내릴 자리라 해야 고작 한 줌 흙인 것을…… 기다린다 낙엽에 덮인 덤불 밑에 그늘진 씨알의 길이 따로 나 있어서 지난 늦가을부터 풀씨 한 알 굴러오면서 빈 들판에다 귀뚜라미 울음소리 굴리고, 서릿발 사이에는 실낱같은 자국 남기고, 그러고는 겨우내 언 땅에 묻혀서 나를 적막하게 하더니, 이쪽 풀밭에 볕든 지 여러 날 뒤에야 참으로 작은 풀꽃 한 점 피워놓는다

작은 것은 오히려 나이므로, 씨알보다 작으므로, 풀꽃 뒤로 바라보이는 벌판이 무한하다 어디까지 걸어가야 작은 꽃 하나 피울 수 있는지를, 세상에서 가장 외지고 먼 땅을 향하여 내일은 걷게 되는지를,

제비꽃

가만가만 바지 끝을 당기네

내려다보았더니

나, 라고

볕 좋으니 쉬었다 가라고

앉으라고

새로 돋는 풀밭 한 자리 비켜주네

거기

목을 외로 꺾고 돌아앉아서

흰젖제비꽃

피어 있네

뒷덜미가

하

얗

네

들찔레

찔레순 하나 꺾어 먹었다
연하고 향기로웠다
밤에, 어미 찔레가 찾아왔다
어린 고것을 그렇게 꺾어버리면 어떡하느냐고
죽었다고
애기 하나 낳게 해줘야 한다, 고 해서
함께 잤다
밤새도록 어미 찔레는 나를 재우지 않았다
밧줄같이 단단한 줄기로 내 마디마디를 휘감아 조이고
검붉게 성 일은 가시를 살과 뼈에 박았다
온몸을 할퀴고 가슴살을 파서 골을 내고
가시줄기 토막을 심었다
그러고 나서
며칠
생채기가 아물려면 아직 먼데
등가죽을 뚫고 아기 순이 솟는다
찔레 순, 그 연한 것이
나를 뚫었다

저물녘에

한때는 나무가 곁에 있어서 손에 집히고 등에 닿았다 나무 아래에 서면 야위고 뒤켠은 쓸쓸하고 밑둥치를 베고는 아팠으므로 가지에다 팔을 얹거나 기대앉아 발을 벗거나 그늘에다 가슴을 묻고 울 수 있었다

지금은 줄줄 비가 내리고 나무는 젖어서 빗물이 흐르고 당신은 물투성이로 빗속에 서서 비 맞는 나무를 바라보고 있다 그리고 나는 그지없이 기다린다 사람과 나무가 비에 젖는 나무와 사람을 바라다보며 마주서서 비를 맞는 그리움에 대하여, 이름을 부르지도 안아 들이지도 못 하고 오직 젖으며 어두워지는 절절함에 대하여, 언젠가는 당신이 목소리를 떨며 말해줄 것이므로,

뼈가 따뜻하다

며칠을 서리가 내리더니 땅이 마르면서 풀밭에 누운 풀잎들이 뒤척이고 구름 그림자에 눌린 억새 꽃대가 툭툭 꺾이고 있다 사람의 사무침이 어느 하늘까지를 적막하게 하는지 바람의 잔등이를 목말 타고 건너다보는 여기서는 하늘이 비어 있다 가랑잎 날고 가랑잎에 묻어둔 새소리 드문드문 흩어진다

어머니 제가 왔습니다

그날 누우시더니 영영 못 일어나시는 산자락 한 자리, 종일 내린 별 부스러기들 쓸어 모아 긴긴 잠을 덮고, 목 잠긴 새소리 집어내고, 밤별이 돋아날 하늘 자리를 한 번 더 쓴다
그리고
이불 밑 온기를 짚어보듯 뗏장 밑에 손을 넣는다 뼛조각 몇 개 잡힌다
뼈가 따뜻하다

단풍

하늘이 맑아지자 길과 강이 멀리까지 가 있네 묵은 살점 털고 가벼워진 내가 잎사귀처럼 날려가다가 기진하면, 먼지 닦아 누이고 삭정이 쌓고 불 지펴주게나

그런 날 아내가
참숯 불 일듯 붉게 달군 눈빛 흘리며
살이 타는 등성이로 쫓아오고 땡볕을 태질하여
불 먹은 뼛조각들 추려서 부수면
혼백 날아간 뒤쪽에서 내 죄로 어둡던 하늘 푸르러지고
바람 불어와서 온 산이
붉어지는데
아내는 목줄기가 마르고 맑아지고
사지는 가늘어지면서
마디마다 울혈이 터져서 핏물 번지는 손바닥을
만 겹으로
펼쳐 보일 것이니

이 사람아, 저문 아랫길로 돌아가는 자네의 등 뒤로도 바람 불고 가랑잎들 날리겠네 그려

도깨비바늘

바람꽃 피는 천관산 억새밭 길을 한참 질러가야 닿는 고향이네
울퉁불퉁 등뼈 드러난 산등성이 아래로 햇빛 고르게 내리는 땅이지
더 환한 빛 고이시라 어머님 산소를 쓸고 내려오는 길에
쥔 바뀐 논배미며 밭뙈기를 둘러보네
곡식 익는 들판에 고추잠자리 떼 날고
물살 반짝이며 도랑물 흐르고
굼뜬 가재 한 마리 씻긴 모래알들 밀어내며 뒷걸음질하네
건너편 무밭 고랑에서 도란도란 주고받는 말소리 들려도
사람이야 보일 리 없고
길바닥에 내밀고 닳는, 늘 밟던 돌부리를 잘못 디디어서 넘어지기도 하네 그려
한길 지나가는 점방 앞 평상에 앉아서 매운 고추에다 찬 막걸리를 사발째 들이켜도
가슴은 가을 물빛 서늘한 냇바닥이고
냇물에 꽃자주색 물감 동이로 붓듯 놀 젖는 저녁이 되었네만
떠날 사람은 떠나야제
벌겋게 놀빛 출렁대는 막잔을 비우고 일어서네
시외버스 등받이에 머리 묻고 잠든 귀경길

천리도 넘는 밤길을 돌아와서 보니
아랫도리 굳은살에 박힌 도깨비바늘 한 촉
나를 뼛속까지 찌르네
그거 흔들어봤댔자 끄덕도 않지
암, 그렇다마다

눈을 기다린다

좋은 이에게 그릇 한 점 부친 적 있다

답장에 쓰기를, 정작 배달된 것은 깨진 조각들인지라, 맞추어 붙였더니, 그리움처럼 희고 고요한 대접 하나로 떠오르더라고 했다

소식 끊긴 지 오래됐으나 그이가 계신 쪽의 하늘은 금이 가 있어서

가끔

잔 조각으로 부서져 내린다

요즘은

빈 들을 바라보면 춥고

산 밑에 돋아나는 불빛이 저녁마다 가까워 보인다

가을의 마지막에 들녘을 건너오는 바람처럼

나는 맑아질 수 있을까

어느 날은 첫눈이 내리리라

두려워하며 잎 지는 나무들 사이를 지나고

살 그늘을 여러 번 씻어내고

눈물을 모으고

불을 켜고

내 안을 비워두었다

생각한다
가슴에 잔금을 긋고 때로는 가슴 밑을 허물어서 가라앉히는 것이 무엇인지
두 손 포개어 가슴 위에 얹는 일이
왜 이리 조심스러운지
그리고
언제 오시는지
길게 숨 재워두고 귀 기울이고
들판 위로 한 조각씩 눈이 내리는 기척을, 가만가만 정적을 밟으며 건너오는
발자국 소리를
여러 날째의 조용해진 저녁까지
기다린다

달빛 1

온밤이 새파랗게 젖어 있었다

그 밤에 서리 맞고 세더니
늦가을 지나가며 빠지기 시작한,
살얼음 깔린 벌판에도 한 개씩 떨어지는
서릿발 같은
눈썹 터럭
몇
줍는다 푸르게
달빛
묻어난다

달빛 2

달빛 밀려들자 해안이 둥그렇게 굽는다
모래밭이 씻긴다 모래알들 뒤척이며 모래더미를 허물어서
물가로 걸어온 발자국들을 묻고
발자국이 다 묻혀서 돌아갈 길이 묻힌 내가
굽은 물가에 오래 서 있다
여기 오면 그립다 자정이 지나도록
창자에 달빛 찬다
발바닥 젖고
발목 잠기고
앞바다에 작살 꽂듯 꼬리를 세운 고래 한 마리
달빛 깔린 물 바닥을 때리며
꽂꽂하게
넘어지고 있다
꼬리뼈가
뚝,
뚝,
부러진다

달빛 3

달 뜨면 달빛에 끌려서 공중으로 떠오르는
집 한 채
있다
식은 분화구에다 아궁이를 내고 솔가지를 지펴서
마른 정강이를 불 쬐는,
저기 저렇게 눈물 젖은 하늘로 떠오른
만월
의
달빛 환한 골목 끝
작고 외진
초가집
의
처마
그늘에
발바닥이 하얗게 마른 송장 하나
누워 있다

긴 강으로 흐르는

여보게, 기다리는 일이 힘들면 사람 떠나고 바람 이는 산자락으로 가시게 그 아래에 강이 흐르고 있을 것이네 기슭으로 내려가 팔을 베면 강과 사람이 나란히 흐를 수 있겠네

떠나지 못하고 머물수록 한은 길게 흐르는 것 아시는가 그리울 때는 그리움의 끝까지 걸어도 사람은 없고 조각난 가슴만 허물리더니, 오늘은 사지를 버리고 눕게나 조용한 자네의 잠 속으로 차고 맑은 강이 흐를 것이네

강굽이가 돌아가는 수풀 뒤로 가서 보시게 땅 아래로 내려간 그늘이 얼마나 깊고 서늘한 바닥에 닿아 있는지를, 그늘의 가장자리를 돌아서 흘러가는 강물이 얼마나 잔잔한지를, 사랑이 왜 길게 흐르는 강인지를

기대어도 외로우면 놀 아랫길을 걷게 저무는 들녘 끝으로 강이 돌아올 것이네 떠난 사람의 아득한 목소리로 강물은 잔등이를 차오르고, 어깨를 넘어오고, 기다리는 사람은 온몸이 젖고……

지금 자네는 철벅거리며 강을 밟고 가고, 별빛이 목에 차는 강물 속으로 걸어 들어갈 수 있네 그려, 친구여

가을

김제들이다 싶으면 걸음을 멈추시게. 햇빛 가리며 둘러보는 일망무제一望無際도 그렇지만, 고개 젖혀서 쳐다보는 창궁蒼穹도 그 정도는 돼야……

장날

파장 모퉁이
외진 자리에
상금할머니* 앉아 계시다
파신다고 내놓은 것은
사기 접시에 담은
하얗게
센
주름
한
움큼
여든 넘은 평생의
햇살이 얽힌,
햇살보다
밝은
한
움큼

* 上金은 택호

날마다 날씨는 좋고

하늘이네, 땅이네, 그거 왜 분별하냐?

시시콜콜한 세상살이 죄다 갈아 뒤엎고

나주 가서

나주 천지 뒤덮은

배꽃 본다

물독 바닥에다 맷돌로 눌러둔 보름달이 휘영청 밝은 하늘 가운데에 떠 있듯

그 자리가 제자리다 그대로 놓아둬라 물그릇을 다 비웠다고, 빈 그릇이니 치워버리자고
설쳐대지만
그릇이 없어도 그 자리에는, 곧
물이 고일 터

이미 반쯤은 먼지가 되어서

손바닥으로 가리기에는 아주 작은, 참새가 앉기에도 비좁은 먼지 밭이다. 먼지 속에 파묻힌 먼지벌레 한 마리 먼지 조각 낱낱을 한 점, 두 점, 헤아리고 있다.

바닷놀

거, 한 번 무섭게 타는구나, 했다 물 건너서 여기까지 불연기가 꽉 찼으니까
끝내
흑산군도黑山群島 여러 섬은 숯덩이가 됐다

오체투지五體投地

장마가 길고, 장대비 내리고, 세상으로 뛰어내린 빗방울들이
오체투지를 한다
땅 짚는 빗줄기가 뚝뚝 부러진다
무릎 꿇다가 무릎뼈 깨지고, 팔 짚다가 팔목 부러지고, 목 꺾다가 모가지가 동강난
운주사 돌부처들이
비 맞고 늘어서서 바라보고 있다
몸을 부순 빗방울들이
흙에 젖어서는 흙이 되고, 풀잎에 젖어서는 풀잎이 되고, 어깨에 젖어서는 빗물로 흐르더니
돌에 젖고 돌의 결을 적시면서는
반듯하게 눕는 것을,
가슴살도 허벅지도 드러나서 젖고 있는 전생前生의
오래된 돌덩이로 눕는 것을,
끝내는
돌의 눈에 빗물 고이는 것을,

별로 건너다

하루는 산마루에 올랐다가 별에 이마를 부딪쳤다
묻지 마라
이마에 별 자국이 있다
나비가 날개를 부수면서 성층권까지 날고
밤새가 지향 없이 어둠 속을 나는 것은
오직 나는 것만으로
눈부신 것이니
또한, 내가 별에 닿겠다고 해서
따로 말을 만들 일 아니다
오는 하루에는 아예 산의 가장 높은 봉우리를 넘고 걸음을 크게 하여
가까운 별자리로
건너가겠다

만척간두萬尺竿頭

한 자나 열 자로는 어림도 안 되었다 아예 백 자가 딱 되는 장대를 세웠더니 백척간두百尺竿頭라는 것이 고작 잠자리 앉을 자리에나 닿고 눈빛 매서운 새들이 노리는지라 당장 뽑아내고 천 자짜리 장대를 세웠는데 천척간두千尺竿頭마저 물먹은 비구름이 차지해버려서 쳐다보던 나만 젖은 생쥐 꼴이 되었다

결국 만 자나 되는 장대를 세웠다 바라보니 하늘에라도 닿는 듯했으므로 마음을 다져서 얹고 사지를 비끄러맸다 그런데, 장대 끝이 하늘을 잘못 건드린 것인가? 새파란 번갯불이 만척간두萬尺竿頭를 넘나들며 번쩍거리고 성난 우레 떼가 이 하늘 저 하늘에서 쿵쾅거리며 몰려들고 거센 바람이 천지를 분간 못 하게 뒤흔들어서 떨리지 않는 살과 뼈가 한 조각도 없고 그저 무섭고 아득할 뿐 정신마저 허황하다

도대체 무얼 하겠다고 끝 간 데 없는 장대 꼭대기를 그리워한 것인가

보았는가

쌍계사에 갔더니 일주문과 금강문과 천왕문과 구층석탑과 팔영루와 대웅전과 내가 선 자리가 곧은 한 줄로 늘어서 있어서 눈 제대로 뜨면 일주문에서 대웅전 기와지붕까지가 한눈에 들어오고 지붕 너머 지리산 등성이와 등성이 너머 하늘이 다 보일 만했다

그 하늘에 비구름이 모이더니 뇌성이 울고 장대비 몰아쳐서 산문 안 기왓골과 옥개석들이 젖고 사천왕의 찢어진 눈꼬리와 금강역사의 불끈 솟은 잔등이며 옹이진 무릎들이 젖는데, 비 맞으며 휘적휘적 대웅전 앞마당을 질러가는 사미가 있어서 소리쳐 불러 세우고 금당金堂* 가는 길을 물었더니 당장 목을 베어 들고 따라오라 한다

놀라고 유심해져서 보니, 껍질을 갓 벗은 죽순처럼 연하고 파릇한 모가지가 한 뼘 넘게 자라난 사미의 목덜미에 목이 자랄 때마다 베어낸 칼금이 여러 줄 그어져 있다

* 慧能祖師의 頂相塔이 모셔져 있다.

눈썹바위에서 노을을 보다

석모도에 가면 낙가산이 있다. 산머리쯤에 눈두덩이 챙처럼 튀어나온 눈썹바위가 있는데, 그 눈두덩 밑을 다듬어서 알눈을 해 박고, 그 알눈에 딱 맞게 눈꺼풀을 만들어 덮었다. 그러고는 눈꺼풀에다 부처님을 새긴 것인데*, 그런 인연因緣으로 저녁이 되면 바위가 눈꺼풀을 내리감는다. 그래야만 서해의 물낯에다 장작더미를 쌓고 지는 해를 붙잡아서 불태우는, 찬연한 저녁 다비를 부처님이 바라본다는 것으로, 부처님 다비 구경하시라고 바위가 눈꺼풀을 내리감는 일이야 영험하다 쳐도, 그때에 눈꺼풀을 내리감은 바위 또한 눈꺼풀 안에 든 알눈을 부릅떠서 부처님의 뜬 눈에다 딱 눈 맞추고는 부처님과 한 눈으로 저녁 다비를 구경한다고 하니, 심상치 않다. 시공의 어디쯤이 저물면 하늘과 바다가 맞부딪쳐서 불꽃 피워 올리는지, 불꽃 피는 그 자리에다 딱 눈 맞춰두려고 하면, 나도 눈 부릅떠서 저 바위의 알눈에다 딱 눈 맞춰둬야 하는 것 아닌가?

* 마애관음좌상이다.

비 갠 뒤

강화 땅에 비 그치자 부시게 흰 햇살이 내리는데, 햇살 속에서 반짝 빛나는 것은 중천에 가려둔 살촉이나 쇳날이 되쏘는 섬광 아닌가. 때문에, 노려보는 매의 눈에 핏발이 서고, 날다 떨어진 새의 몸에는 생채기가 박히는, 섬뜩한 이데올로기가 감춰져 있다는 것인데, 만근의 하늘이 얹힌 전등사 추녀를 홀랑 벗겨서 쪼그려 앉힌 여자의 정수리에다 눌러둔 것도 그런 뜻이 아니겠는가*. 이 악물고 힘쓰는 여자의 아랫도리에서 생물고기 한 마리 튀어나와서는 중천에 가려둔 살촉이나 쇳날을 덜컥 삼켰던 것이고, 그렇게 공중에 매달린 물고기는 상한 창자 흘리면서 몸부림치는 것인데, 부딪쳐서 울리는 풍경 소리 쟁쟁하고, 창공에 흩어지는 은비늘 조각도 눈부시지만, 긴 세월을 공중에다 열어둔 여자의 아랫도리는 맑고 짙푸르러서 천궁天宮까지도 비쳐 보이는 터, 골진 먹기와 지붕에 날 세운 연장을 품은 자가 숨어 있어서 여자의 살 푸른 아랫도리에 얼빠지는 사람을 노린다 하므로, 등 돌리고 서나, 이게 뭔가, 추녀 그림자에 눌린 내 몰골이 납작하게 짜부라져 있다.

* 대웅전 추녀를 목각나부상이 떠받치고 있다.

썰물

땅의 끝이다 좇아가며 팔매질을 해대도
돌멩이는 하늘에 박히고
썰물은 파도를 밀어 해구海丘를 넘어갔다
남은 것은 귀에 잠긴 물소리뿐
나는 기다릴 것이므로, 발등에서 개흙을 긁어내고 발바닥에 박인 굳은살을 깎고
여러 개 쌓은 모래 무덤에다 단단한 손자국을 묻어두었다
지금은 갯바닥 너머로 햇무리가 스러지리라
어부들은 남은 햇살에 그물을 걸어 번뜩이는 고기비늘을 털고
떠돌다가 닿은 이들은 골목을 내려와서
지붕 밑 그늘에 몸을 기댔다
어떤 이가 해안에 남아 있어서 저녁 햇살 아래에 눕는 바다를 지켜보는가
놀 젖어 피 칠한 펄 바닥으로 늙은 게의 게으른 옆걸음질은
한없이 이어지고
물이 돌아오지 아니하여 물 위로 걸어가지 못한 한 사람이
바다 너머에서 저무는 물소리를
오래 듣고 있다

다도해

자은도 암태도 팔금도 안좌도 장산도 마진도 하의도 도초도 비금도 그리고 파도 머리 밑으로 키를 낮춘 한 무리의 섬들이 둥글게 모인 다도해에 며칠째 유성우가 내리면서 큰물이 들고나더니, 작은 섬 두엇이 떠내려가고 더러는 자리를 옮겼다. 모래밭도 쓸려서 물떼새의 발자국들을 헤쳐 놓았고, 뿔뿔이 달아났던 농게들은 소금기 허연 개펄에 흩어져서 긴다. 그중 몇 마리가 집게발을 오그려 붙이고 비금도와 도초도 사이의 바짝 다붙은 해협을 옆걸음질 해서 지나가는데, 물길이 비좁겠다고 걱정했더니, 기어이 허리 굵은 고래상어가 물목에 걸렸단다. 사람들은 서두른다. 선창이 소란해지고 고깃배 몇 척이 물꼬리를 끌며 달려나간다. 고래상어를 들어내야 섬 사이로 바닷물이 밀려들고 한밤이면 깊어지는 해구海溝에 별빛이 잠길 것이다. 그 해구에다 어부들은 그물을 내려두었다. 한참이 길게 지나가자 다시 밤물이 밀려들고, 별빛들이 빗발친다.

서해는 만조다

바다와 하늘이 잿빛이다
뱃길로 여섯 시간
우이도분교 김 선생과 소주를 마신다
생선살에 꽂힌 비늘 조각을 털고
섬의 등성이를 내달리는 우렛소리를, 물속에 가라앉은 산맥을,
물살이 소용돌이치는 해구海溝의 어둠을
생각한다
해구에서 바다는
만근의 무쇳덩이를 굴리고 있다
지금, 서해는 울고
만조다

북한산 소묘

우이동 골목이 낙엽에 덮였다 낙엽을 쓸고
골목을 지웠다
북한산만 남았다
가까운 산기슭을 마저 지우고
자욱한 바람 소리는 남겨두었다 바람 이는 솔밭에서
도선사 풍경 소리 건너오고, 풍경 소리 아래로
개울물 소리 잦아들고
갈잎 덮인 등성이를 낮추자, 낮아진 등성이 뒤에서
햇살이 넘어왔다
암청색 바위 그늘에서 빗금을 그으며 날아오르는
산새 두 마리, 흰 깃을 털며
점,
점,
이,
소실했다
바위 봉우리들이 우뚝우뚝 솟고
허공에 뜬 바위벽에다 하늘선을 그었다
하늘선을 넘어가고, 쓸린 비탈에
자국을 남기면서
산길이

야위기 시작했다

그늘이

쓸쓸해졌다

양지바른 풀섶에 떨어진

매미 허물 하나

그 투명한 체적을 햇빛이

속속들이 채우고 있다

집으면 잘게 바스러지는

별 부스러기,

거기쯤에서 가늘게 풀벌레 울고

들어갈수록 산은 나를

깊이

묻는다

청신암 일지

발등이 늙었다 그래도 다릿목에 이르면 청신암*은 한 걸음 밖인데 피안교彼岸橋를 건너자 찬 길바닥에 통째로 누운 나무 그림자들이 단단하게 얼어붙어 있어서 미끄러져 무릎 깨고 어깨 무너지며 암자에 닿았을 때는 한나절이 지난 뒤다

마주선 산등성이나 지붕 아래 바람결은 그대로라 하나 고쳐 짓는다고 헐어버려서 섬돌과 이끼와 빗물 자국은 흙에 묻혔고 앞개울마저 메말랐다 개울 바닥을 파고 도랑을 내며 쫓아가도 물줄기는 숨기만 하더니 늦은 저물녘에야 등골뼈가 아프게 꺾이는 내 등허리를 타고 물소리 가늘게 흘러내린다

풀포기가 밟히던 뒷마당 길이 없어졌다 마음에 남은 길도 삭은 듯 밟으면 바스러진다 건너지 못하고 머뭇거리다가 맞는 저녁, 그 사람은 그리움의 귀퉁이에 머물러 있어서 몇 겹의 달무리를 통과하며 한 겹씩 옷을 벗더니 흰 몸 드러내고 둥그런 팔짓 한 번으로 처마 끝까지 달빛을 채운다

달빛 찬 창호 밖에 서서 언다 봉우리들이 빙 둘러선 절 마당으로 별들이 떨어져서 달빛 깨뜨리고, 그때마다 내 몸도

금가 부서진다 내일 암자를 떠나서 왔던 길을 되돌아가면
나는 또 몇 번이나 나동그라질 것인가

다릿목에 이르기도 전에 내 나머지가 마저 부서지겠다 창
자 속이 어는 이 밤에도 길바닥에는 겨울 숲이 옆구리를 깔
고 누워서 밤잠이 깊고 나무들은 또 통째로 얼어붙으리라

* 해남 대흥사에 있다.

덕유산 설화

갈라 막은 산허리에 굴을 뚫어서 통문羅濟通門을 열어놓고 저쪽 사람이 이쪽으로 아침 마실을 나왔다가 말동무 삼아 함께 떠났을 구천동 길인데, 잰 걸음으로 뒤쫓아도 시냇물 소리만 밟힐 뿐 두런두런 이야기를 나누며 가고 있을 사람들을 따라잡지 못한다

물소리 버리고 흐르는 물도 버리고 이 생각 저 생각을 모두 버려도 허리가 굽는 것은 등에 산이 실린 탓이다. 걸음걸이가 무거워지고 밟히는 흙이 허물어지면서 조금씩 등성이가 일어서더니 어느덧 칼바람이 뼛속을 찌르는 겨울 산으로 깊어졌다

바람의 잔가지가 뚝뚝 부러지는 길, 오를수록 산죽밭도 관목 떨기도 묻히고, 길이 얼고 산이 얼더니 능선에 걸린 하늘이 퍼렇게 얼었다 녹아내리기까지 언제 기다리느냐고 도끼질을 해댄다 한들 도끼날만 벌어져서 못 쓰게 되지 얼어붙은 하늘에는 실금도 가지 않는다

주능선을 짚으며 올라서지만 산은 조용하다 짐승들은 먹을 것을 찾느라고 굴을 비웠고 멧새들도 낮은 산자락으로

둥지를 옮겼는데 날개 편 솔개 한 마리 저 아래 산중턱을 맴돌고 있다 인가가 내려다보이는 바위턱이면 좋으리, 거기서 산을 넘어간 사람들이 발을 말리고 있을 것이다

덕유산은 눈이 깊어서 산이 묻히고 산머리에서 별이 언다 그중 추위를 못 견딘 별들이 산장을 찾아서 밤길을 내려오곤 하는데, 헛딛고 미끄러져서 눈구덩이에 파묻히는 일이 있으므로, 유리창에 덮인 얼음을 긁어내며 지키고 앉아서 깊어진 밤을 내다본다 긴 밤 내내 불을 켜둔다

눈이 내리면

겨울에는 배가 고프고 무릎이 얼었다 눈자위에 얼음꽃이 피는 저녁에 눈은 내리고, 우리는 전신주 갓등 불빛이 환하게 비치는 골목 어귀에 서서 어깨가 덮이고 목덜미가 묻히고 발등이 추웠다

그리고

친구가 죽었다 살가죽에서 바람 냄새가 나던, 예순 생애를 절룩거리며 찬 길을 가던 그가 세상살이를 내려놓았다고,

소식이 왔다

내려가는 밤 열차, 창이 얼었다

하늘 아랫길에는 지금도 눈이 내리고, 그는 걸어가고, 가는 길이 묻히고,

나는 또 무릎이 언다

눈 감으면

허옇게 눈에 덮인 사람 하나 우두커니 서 있는 골목 어귀 갓등 불빛 속으로

눈은 아직 내리고,

그때처럼

눈 내리는 소리가 조용하다

2부

눈 덮인 하늘에서 넘어지다

새소리

구름 속에 든 새는 젖는다고
등덜미와 눈망울이 흠뻑 젖은 다음에는
발가락을 동그랗게 오그려서 마침내
이슬 한 방울이 되는 것이라고
잔가지에 내려앉은 박새가
흔들리는 가지 끝에서 잘게 떨다가
초록 이파리 한 잎으로 갓 피어났듯이
구름 속에 든 새가
구름 속에서 눈망울이 젖은 다음에는
처음 닿는 햇살보다 푸르게
초록 이파리에 맺히는
이슬 한 방울이 아니면
무엇이 됐겠느냐고
그렇게,

자벌레 구멍

쳐다보니
떡갈나무 잎사귀에
자벌레가 붙어 있습니다
그저 그러는구나 했다가 한참 뒤에 다시 보니
자벌레는 없고
가늘게, 기다랗게, 파랗게,
자벌레만 한 구멍이
떡갈나무 잎사귀에 뚫려 있습니다
자벌레가 하늘 되는 방법이
그랬습니다
이번에는
내 차례라면서
자벌레가 뚫어놓은 구멍을
찬찬히 봐두라고,
비좁지만 자벌레가 그랬듯이
조심해서 몸을 끼워 넣고는 재빠르게
뒤로 빠져나가 버리라고, 그것이
방법이라고,

먹골배

불암산 아래 배밭으로
먹골배를 사먹으러 갔다
나이 먹은 주인이 나서더니
손수 골라서 따는 재미가 좋다며
비틀거나 잡아채지 말고
크고 둥근 것으로 고른 다음에
조심스럽게 감싸 잡고는, 살짝
위로 들어 올리라고 한다
그렇게 하면
툭! 꼭지가 떨어지면서
상하지 않고 온전하게 잘 익은 배를
딸 수 있다고

그랬다 그렇게 우주는 적당한 무게로
내 손에 얹혔다

빈 새

물이야 당연하게 골짜기로 흐르지만 골짜기도 함께 흐르더라고 했다. 남녘땅 끝머리 천관산, 찾아가니 하늘마저 흘러가고 없다. 하늘 흘러가고 드러난 저 허공에는 허공을 걸어가는 멧새 한 마리, 하늘 끝에서 날았다가 헛 날갯짓하고 떨어졌던, 몸은 떨어지고 하늘이 집어 올린, 하늘 뒤로 걸어서 허공까지 건너간, 지척만 걸어가면 허공 끝에 닿을, 작고, 빈, 그, 새.

뻗침에 대하여

뻗친 것이라 한다
나무가 뻗쳐서 가지가, 이파리가 되고
사람이 뻗쳐서 그리움이 된다 한다
어떤 사람은 뻗쳐서 나무에, 하늘에 닿는가
어떻게
사람과 나무가 한 몸이 되어 하늘로 뻗치고
하늘이 되고
온 하늘에 뻗친 가지가 되고
하늘의 가지에다 온갖 별자리를 매다는가
어떤 그리움이 뻗쳐서
그리 많은 별빛을 켜는가
하늘은 어떻게 길을 내주고
한 사람은 공중에서 길을 비치며
별빛을 데리고
지상으로 내려오는가

이명耳鳴

수레바퀴가 굴러도 소란하다 하물며
오래 닳은 마찻길이 그렇듯
울퉁불퉁 파이고 군데군데 구멍도 뚫렸을 공전궤도公轉軌道 위를 지구가 덩이째로 구를 때
얼마나 큰 소리가 울리겠는가
그 큰 소리도 못 듣는 것이 사람이다
그런데 이 밤에는
하늘 복판으로 콸콸 시냇물 흘러가는 소리 들리는 듯,
자욱하게
은하계의 별밭을 흔들고 지나가는
바람 소리 들리는 듯,
귓구멍을 후벼 뚫고 다시 귀 기울여도……

새의 비상

까마득하게
날아오르는 새는 날아오를 뿐
날아오른 높이를 재지 않는다
무한정 날아오르고 있는 하늘의
새의 머리가 겨우 닿는 높이에는
덫이 깔려 있으므로
반드시
하늘 높이 나는 새는 하늘에서 죽는다,
지만
새가 죽어서 지상으로 추락하는 일은
절대로 없다

하늘에서 죽은 새는 하늘에 묻힌다

댕기

참나무 긴 그림자가 뿌리를 박고 누운 땅바닥이다 알록달록한 무당벌레가 오금을 감추고 바짝 엎드려서 위쪽을 경계하고 있다

허리를 쭉 편 참나무 한 그루, 아슬하게 쳐다보이는 높이에서 큰 가지 나누었고 큰 가지가 잔가지를 나누는 꼭대기 어림에 새둥지가 얹혀 있다 거기쯤이면 벌써 하늘이지만, 둥지를 딛고 올라선 다리 긴 쇠백로, 모가지를 길게 빼서 하늘의 더 위쪽을 쳐다본다 긴 깃의 댕기 날리고 머리 꼭대기에 은빛 댕기 나부끼는 우주가 얹힌다

무당벌레는 우주의 댕기 끝이 보일까

고삐

이곳에 와보니 비가 내리고 진작부터 물가에 매인 소가 비를 맞고 있었다 쇠가죽과 등허리와 엉덩이뼈를 푹 적시고도 비는 더욱 내려서 소등에 질펀하게 빗물이 고이더니 지금은 물 가둔 방죽 같다 쇠뿔 두 개가 마저 잠겼다.

길게 울며 소는 물속으로 걸어가고 천 개의 모공毛孔으로 흘러드는 천 줄기의 물살이 빠르게 나를 관류한다 끝내 고삐를 못 놓는다

공동空洞

가을걷이를 마치고 나니 물고기자리 아래에서 지평이 개이면서 땅에 묻힌 벌레집들이 여기저기 드러난다 어둔 뒤에도 아직 사립 밖에서 머뭇거리는 이유인데

빛살을 그으며 내려 뻗은 별빛들이 숱한 벌레집 안을 낱낱이 밝혀서 온 들판이 별밭이다 가을이 깊고 가을의 안쪽으로 훨씬 깊어진 내 안에도 별빛은 내리비추지만

비친 것이라곤 고작 바짝 마른 가슴 안벽과 툭툭 불거진 뼈마디들과 목숨이 비집고 드나드는 틈새기뿐, 더 아래쪽은 캄캄해서 보이는 것이 없다

빛이 닿지 못하는 공동이 사람의 아래쪽에 있다

일모日暮

오는 사람은 없고 겨울은 깊어졌으므로 돌아가려 한다
밭고랑에 흩어진 발톱들 줍고 헐벗은 둔덕은 다독여서 덮고
꽝꽝 언 얼음장은 개울 바닥에 눌러놓았다
다시는 기다리지 않을 것이므로 아예 길을 거두며 길을 내려간다
내려가서 문 닫아걸면 대지의 아래쪽에 묻힌 집 한 채 어둡겠다
더듬대며 켠 불빛일 테지만 가까이 수그린 이마가 따뜻할 것을,
지붕 머리가 빈 한철 내내 머릿가죽에서 핏대 삭는 소리 들을 것을,
주춤거리다 건너오지 못한 햇빛이 들판 너머에 눕는다

솔방울

벌어지고 나서야 알았다
단단하게 뭉쳐 있는 솔방울이 실은
온몸에 박힌 틈바귀 뭉치임을,
솔씨가 날아가고 빈, 깊고 뾰족한 틈바귀마다
허공이
부리를 박았다
턱, 턱,
쪼고
쪼인 내 옆구리에서
몇 개째 갈비뼈가 드러난다 갈비뼈들 사이에서
존재의
틈바귀가 하나씩 벌어지고

하늘의 눈초리에 파랗게 서슬이 선다

가지치기

죽은 가지를 쳐내기로 했다
발끝을 돋우고 사지를 뻗쳐봤댔자
헛수고이고
사다리를 걸쳐도 닿을 높이가 아니고
밑둥치를 톱질해서 둥치째 넘어뜨릴 일도 아니므로
외양간 기둥에 꽂아둔 조선낫을 뽑아내어
시퍼렇게 날이 서도록 갈아서
장대 끝에다 단단하게 동여맸다
이제야 됐다, 장대를 세웠더니 하늘만큼 높고
죽은 가지야 당연하게 하늘 밑에 뻗쳤으므로
쉽게 낫날을 걸어서
힘껏 잡아챘다
아앗! 내 한쪽이 쩍, 베이더니
뚝, 어깨뼈가 부러진다
낫날에 걸린 것이 고작
내 어깻죽지였던 것.

미루나무

날마다 지는 잎을 쓸어내는 일이
얼마나 귀찮고 힘든데
다 쓸어내고 나니 어느새 한겨울
미루나무 밑에는 또
티끌이며 얼음 토막이며 바람의 자투리 같은
부스러기들이
수북이 쌓이는 것이다
키 크고 속 찬 녀석은 없다지만
너무한 짓 아니냐고
치떠서 쳐다보니
발꿈치를 한참 들어야 겨우 보이는 꼭대기
팔을 걷어붙이고 올라선 미루나무가
뭉툭하게 닳은 우듬지를 휘저어대며
티끌이며 얼음 토막 바람의 자투리 같은
하늘 천장에 쌓인 부스러기들을
정신없이
쓸어내리는 것이니,

교외에서

몇 걸음 내려서자 버스럭대며
겨드랑이와 가랑이 사이에 잎사귀들 묻힌다
부러진 낫날 파묻고 가는 찬 들 바닥 여기저기에
낱알같이 흘려 있는 새 울음소리들.
가을에 부는 바람 끝은 어느 하늘에 닿아 있는지,
엎드리고 싶은, 죄보다 짙푸른 하늘 복판에 몇 잎씩
가랑잎 자국들 눌려 있다
몇 마리인지
일찍 떠난 새들은 지금
하늘이 숨죽는 높이를 건너가고 있는 듯,
잰 발놀림은 보이지 않지만
환하게 드러난 허공의 등줄기를 밟아가며
점점이
발자국들 찍힌다*

마지막처럼 아프다 나는,

* 維摩經

반쪽이 비어 있다

그림의 반쪽은 급하게 쓸려 내린 산자락인데 넘어질 듯 기운 바위벼랑과 폭포가 쏟아지는 골짜기와 바람에 쓸리는 나무숲과 기왓골이 휜 당우堂宇들을 수묵으로 그려 넣었다 나머지 반쪽은 여백이라 해서 그저 비워두고 점 하나 찍지 않았다 그래도 그림이 기울지 않는 것은 그 여백 때문이라 하니, 생각할 일이다 어떻게 그만한 산자락을 빈 여백에다 기대놓았는가를,

그리고

빈 들에 깔리는 어스름같이, 저물녘에 흐르는 물빛같이, 등 뒤에서 우는 벌레 울음같이, 마른 풀잎에 묻은 햇빛같이, 들춰보다 덮어둔 산자락이거나 자욱한 안개며 물보라며 바람결같이, 버리고 지우고 가려둔 것들이 얼마나 휑하게 당신의 반쪽을 비워놓았는지, 빈 당신의 반쪽이 어떻게 뼈가 꺾이고 살이 무너지는 나머지 반쪽을 지탱하는지, 손 넣어 더듬어 볼 일이다

돌밭

굴참나무의 어깨가 드러났다
나무가 흔들리고 바람 아래에서 돌밭이 닳는다
돌멩이들은 서로 모서리를 부딪치며 뒤척이다가
곤하게 누웠다
그사이에
세상의 틈새기로 눈 조각들 떨어지고 돌밭에서는 눈의 결정들이 반짝이고
겨울이 깊어지면서
굴참나무는 웅크리고 허옇게 밀려오는 눈보라 속으로 걸어서 갔다
지금은
넘어진 돌부리들이 얼며 묻히고 겨울의 뿌리가 지붕 머리까지 내려와 있으므로
문을 닫고 칩거하지만,
눕지도 기대지도 못 한다
사람의 여기저기에 박혀 있는 옹이들이
배긴다

하늘 건너기

나뭇잎이 다 떨어지고 한참 오래다 새도 날지 않는다 기척이 있어 눈을 드니 청설모 한 마리가 빠른 발로 나무 기둥을 밟고 올라간다 끝머리까지 올라가더니 가지를 흔들면서 곁 나무의 가지로 건너가고, 어림으로도 아차! 하게 멀리 떨어진 나무와 나무 사이를 뛰어 건너고, 끝내는 나무도 가지도 없는 허공으로 훌쩍 건너뛰더니, 용하기도 하지, 뛰어오르며 매달리며 때로는 공중제비를 하면서 아직도 저 멀리 하늘 아래를 건너가고 있다 그래서 하늘이 저물지 못하고……

어둠

그날은 아무 일도 없었고 벌써 저무는구나, 했는데 땅거미 스미듯 그것이 내게로 스며들었다 그러고는 내 안에서 나를 먹고 자라며 내 주름살에다 제 주름살을 겹치는 여러 해를, 마침내 내가 꽉 찬 그것의 체적이 될 때까지를, 나는 그저 방심했다

비로소 나는 허무해졌다 서쪽 하늘이 어두워지기 전에 번쩍이는 날빛에다 식칼을 갈아서 서슬 푸르게 날을 세우고, 사람들이 모두 잠든 깊은 밤에 일어나서 캄캄한 그것을 더듬는다 목줄기를 찾아내서, 찌른다

나를 찌른다

하늘빛이 되는

오직 버리기 위하여 나무들은
그리 많은 이파리를 매달았던 것인지
이 한나절의 잎 지는 소리를 듣기 위하여 벌레들은
찬 바닥에 배를 대고 엎드려서
길게 기다리며
얼마나 숱한 울음을 참았던 것인지
사람들은 또 몇 해째나
잎에 묻힌 길 위에다 길을 내며 걸은 것이고
길이 다시 묻히는 가을 끝에 이르러서야 겨우
한 그루 조용한 나무 밑에 닿는 것인지
머리 위 가지는 벌써
하늘에 젖어 있다
어쩔 것인가 나무가 맨몸으로
서리 내린 공중에서 잎을 벗는 일이나
벌레들이 흙속에서 엎드리며 숨을 묻는 일이나
사람이 외지고 먼 길을 오래 걷고 야위는 일들이, 다
하늘에 닿는 일인 것을
닿아서는 깊어지며 푸르러지며 마침내
하늘빛이 되는, 바로
그 일인 것을

전경 1

겨우내 닳은 햇살이 은빛으로 빛나고 있다 과수원에서 발톱이 흰 새 여러 마리가 눈 얹힌 가지에다 발톱 자국을 찍으며 가지에서 가지로 우듬지로 뛰어오르고 간 가을까지 붉게 익은 과일들이 알알이 박혀 있던 저 동천冬天의 짙푸른 바탕에 지금은 수많은 낙과의 빈 자국들이 파여 있다 움푹움푹한, 희끗희끗 눈가루가 묻은……

전경 2

나비가 하늘을 날고 있다. 하늘은 아침부터 푸르고 푸른 하늘일수록 자주 나비 날개에 접힌다. 접힌 하늘이 파닥인다. 언뜻, 언뜻, 희게, 노랗게, 어떤 것은 파랗게, 파닥이는 날갯짓이 하늘에 어른거린다. 색깔 고운 반문斑紋이 찍히기도 한다.

섬

겨울에는 나무들이
허리를 구부리고 걸어서
바람 속으로 떠났다
걷지 못한 몇 나무는 넘어져서
땅에 누웠고 나는
나무의 옆구리에다 허리를 대고 누워서
더듬으며 옹이 배긴 나이테를 꼽아가며
춥고 빈 하늘을 쳐다보았다
오늘은
아침부터 수런대는 소리가 가깝고
봄이 오고
나무들이 줄지어 언덕으로 올라오더니
제자리를 찾아 뿌리를 묻고는
몸을 길게 기울여서 하나같이
바다를 굽어보고 섰다
바다에는 비가 내리고, 작은 섬이
비를 맞고 있다

파랑나비

봄기운이 돈다 했더니
나비 날아든 것 삽시간이다
저거, 했는데 벌써 고막에다 날개 비벼대는 소리 들리고
말갛게 트인 망막 안에 나비 한 마리 나는데
나비가 날아가는 하늘은 왜 저렇게 멀고 조용한지
눈을 감아도 빤히 보이는 날갯짓을
아직도 팔랑대는 저 날갯짓을
아무리 가슴 쥔들 어찌하겠는가
얼마나 날아야 그 하늘에 파란 물 고이겠는가를,
얼마나 하늘못이 깊어져야 파랗게 물 젖겠는가를,
오는 길 어디쯤에다 손바닥 펴놓아야
그 나비 날아와 앉겠는가를,

나무 뒤에 기대면 어두워진다

언제부터인가 나무 뒤로 날이 저물더니
나무 뒤가 어두워졌다
그러고는
나무 뒤에 기대어 바라보는 하늘이
어두워지는 것인데
어두워지는 하늘 아래에서 하나씩 돋아나는 불빛들이
실은
어두워지면서 더욱 닦이는 그리움인 것을
눈치챈 지 오래다
이제는
저무는 하늘보다 빠르게 사람이 어두워지는 때에 이르러
헤아린다
왜, 그리움에 기댄 사람은 마침내
뼛속까지 깜깜해지는가를
그러고는
사람의 안쪽에서 불빛 돋는 저녁이
언제부터였는가를

동행

바람 끝이 차고 쓸쓸해지면서 세상이 날마다 마른다 어느 날은 사지를 다 말린 나무들이 먼지바람 쓸려가는 들판 너머로 걸어서 떠날 것이고 갈잎들 날리겠지만

등 기대고 서서 오래 기다리거나 가슴팍을 밀며 나무 안으로 파고들던 옛일이 그렇듯이 나무들이 걸어가는 뒷길을 늦도록 따라 걷는 것도 이 가을을 조용하게 견디는 노릇일 텐데

나무 한 그루 멈추어 서서 나를 바라보고 있는 것을, 나는 걸어가서 그이의 겨드랑이를 부축할 것이고, 그이는 굽고 적막한 몸을 기울여서 나에게 기댈 것이니

임곡역林谷驛

잊혀질 듯, 거기, 역이 있습니다
가을이 다 깊도록 돌아오지 않지만
한 사람은 기다리고 있습니다
그늘진 구석에는 구부리고 누운 장의자 한 개
정성 들여 닦습니다 의자는 서늘해집니다
어느 날은 많은 날들이 지나가고
땅거미가 내리는 저녁에 그이가 왔습니다
어깻죽지가 텅 비었습니다
부서질세라 부축해서 의자에 기대고
뼈마디에 괴었던 쐐기도 뽑아내고
수그리고 앉아서 울음을 견딥니다
먹물 배듯 젖더니 덧없이 저뭅니다
이제는 아주 저물어서 캄캄해진
외진 사람의 구석에도
기다리는 사람과 돌아오는 사람 사이에도
하나씩 불이 켜지고
지나칠 듯, 거기, 작은 역이 보입니다

길목

산모퉁이를 돌아가면 그 집이 있다
지붕 머리가 허옇게 센 초가집 한 채
바람 끝이 쌀쌀해서 싸리울이 자주 울고
어제는 울 밖을 한참이나 둘러본 듯
하늘 아래 땅바닥을 다 쓸어놓았다
해마다 이맘때는 사립짝을 열어놓고
긴 밤 내내 등불을 켜두는
안타까운 속사정이 따로 있어서
아침저녁 안부가 간절한 것 아닌가
걸음발을 재게 해서 모퉁이를 돌아가면
처마 밑이 깊어진 그 집이 혼자서
첫눈 오는 길목을 지키고 있다

새의 묘지

어제는 하루 내 눈이 내렸다
새들이 날개를 접고 걸어서
산 아래로 들어갔어
아침에 보니 하늘 한쪽에 둥그렇게
산등성이가 묻혀 있네
따라가며 잘게 울던 새소리 잠들고
싸락눈 흩뿌리던 잔솔밭 지나서 가지런히
발자국들 찍혀 있네
눈에는 발등이 덮이고 등덜미가 묻히는 거지
어느 따뜻한 눈구덩이에 내가 묻히는지
새들이 다투어 모가지를 들이밀더니
내 몸 구석에다 대고 주둥이를
비벼대는군

대설大雪

한없이 눈이 내리네
어둘 무렵에는 춥고 쇠약해진 나무들이
눈 덮인 하늘에서 넘어졌어
긴 밤 내내 눈은 내리고 뿌리째 넘어진 둥치가 갈수록 두텁게 파묻히는 것이
그게 다 그리움이더군
두 눈 환하게 뜨고 누워서
내리는 눈발을 세고 있을 것이라고, 눈꺼풀 쓸어 덮고
손발도 개어놓고
오겠다고,
우기고 걸어 들어간 시인은
아직
숲에서 나오지 않고

재채기소리

장흥 보림사와 화순 운주사 사이에는 피재가 있어서 잿길로 질러가면 해거름을 딛어도 오갈 만하다. 한겨울이고 세상의 온갖 그림자가 길게 뻗치는 해질녘이 되면, 피재를 넘어간 보림사 삼층석탑 그림자가 운주사 와불님 콧구멍을 들쑤시는지라 와불님이 못 참고 재채기를 해대시는데, 그 재채기 소리에, 운주사 들머리 서리꽃 피는 초저녁 하늘이 쩌렁쩌렁 울리고는, 그사이에 건너왔겠지, 보림사 지붕마루 너머 거뭇하게 얼어붙은 하늘 천장이 쩡쩡 울더니, 쩍쩍 금이 가는지라, 적막한 사람이 가던 길을 멈추고 서서 저문 하늘을 쳐다보는 것이라 한다. 이마가 흰 동네 노인이 대답하고 앞산 골짜기가 울리도록 재채기를 한다. 에에취!

연비燃臂

구름장들을 거둬들였다 여름 내 비에 젖어서 척척하고 무거우므로 말리는 일이 힘들고 여러 날 걸린다 해가 가고 다시 날씨가 더워져서 세상에 열꽃 피고 하늘이 심한 여름감기를 앓기까지는 잘 개서 깊은 곳에 넣어두겠다

하늘 바닥을 헹궈내고 닦는 일을 서둘지만, 며칠 뒤면 티끌 날리고 바람 쓸리는 소리 쓸쓸할 것이다 나뭇잎이 마르고 강물이 길게 흐르더니 여러 날째 저물녘이 물빛으로 젖는다

추워져서 어깨뼈에 서릿발 박히면 사람들은 움츠리고 돌아갈 것이니

사람들이 돌아간 뒤로도 한참이나 깊어질 세상의 적막을 미리 본다 아직 버리지 못한 것이 눈물 몇 방울인데, 새들은 손닿는 높이쯤에다 자잘한 울음소리를 흩어놓는다 잔 날갯짓에 털린 햇살이 자욱하게 내리는 하루의 끝, 한 무리 새떼가 노을 속에 박히어 불꽃으로 타고 있다 새들의 연비조차 저리 곱거늘……

>

강을 따라 걸어간 사람이 저녁 하늘을 바라보고 서 있다
더 먼 하늘에 별이 돋는다

천관산 오르는 길에는

천관산 오르는 길에는
이마가 시원하리
그 이마 서늘해지며
하늘빛에 물들으리
놀빛 비낀 억새밭 자욱하고
억샛잎들 부딪치며 서걱대는 소리
흐느끼리
그 밤에 등성이로 별들이 내려와서
별빛 한 망태기 주워 어깨에 둘러메고
남쪽 바다로 내려가는 하룻날은
날빛 든 물 바닥에 하늘 비쳐 있으리
나는 눈물 나리
억새꽃들 풀풀 날아서 자꾸 쌓여서
어느새
내 어깨를 묻고 말리

공중에

공중에,

새가 빠졌다 날개를 퍼덕대며 가라앉더니 기다랗게 빼낸 모가지가 다 잠기고 지금은 주둥이 끝만 뾰족하게 나와 있다

거기에도 진창이 있었던 것

눈초리

저렇게, 산 사람 속에서 사람이 썩는다.

이슬방울

아침에 내 어깨뼈에
차고 아픈 것이 떨어졌다
뚝!
창공에 날개가 걸려 있는 25층 아파트의 추녀 끝
—저기서다

구멍

하늘의, 그 컴컴한 처마 밑에
구멍이 뚫려 있다 눈이 까만 참새가 거기 들어가
산다

손이 쑤욱 들어간다

풀밭에

매미 허물 하나 나뒹굴고 있다
저렇게
다 비우고 부서지고도
한참은 더
쓸쓸해야 하는구나
내 몸 밖으로 일탈한 내가 나를 들여다보듯
들여다보고 있다

그림자뿐인

햇살을 등지고 서면 내가 보인다

'ㄱ'자로 꺾인 돌담 귀퉁이에 걸려서 'ㄱ'자로 꺾여 있는, 돌담 틈새기로 부는 바람에 뚫려서 돌담 틈새기 수만큼 구멍이 뚫려 있는,

그림자뿐인,

가을날

놋대야를 꺼내 왔다
한나절 닦았더니 하늘빛이 비치므로
찬물을 가득 담아서
뜰에다 내놓았다

비울 것도 채울 것도 없다

귀향

삼경이다
들판 건너 온 동네가 깜깜한데
한 집에는
환하게
달빛이 들어 있다

그 집이 비어 있었던 것을……

그리움

갯물 밀려드는 모래톱에다
만상萬象의 발자국을 찍어놓고
해오리 한 마리
며칠째
바다를 바라보고 서 있다

앙가슴이 먹빛이다

소금쟁이

찰찰하게 물 가둔 들녘이다
해 지기 전까지 건너가야 한다던 소금쟁이
반도 채 건너지 못한
들 복판인데
무논에다 배 깔고
엎드려 있다
들 끝에 비치던 놀빛 꺼지고
땅거미 덮이고
소금쟁이 긴 다리가 질흙에 빠진다
논둑 너머 거기쯤에서
반딧불 난다

눈 오는 날

나무 머리에는 어느새
발이 푹 빠지도록 눈이 쌓였는데
새매 한 마리 올라앉아서
날리는 눈발을 바라보고 있다

등이 하얗게 덮였다

하루살이

다 저문 하늘로
하루살이 떼가 올라가고 있다
들녘 끝 구름장 틈새에
번갯빛 비쳤다가 스러지고
너 나 없이
하루를 다 살았구나

그늘빛

헐벗은 그대로 떨면서 겨울을 잘 견뎌낸 수풀이 날씨가 풀리는데 구태여 속잎을 피워서 사지를 가리는 것은 기다림이 길고 추운 만큼 만남은 그윽하다는 말일 게다

따뜻해지고 햇살이 밝아지면서 수풀은 더욱 많은 잎사귀들을 펴서 속내를 감췄는데 겹겹으로 가리고 감춘 수풀의 안쪽이 얼마나 서늘하고 조용한지, 그 밑바닥이 어떻게 깊어져 있는지, 들어가 본 사람은 안다

수풀 꼭대기에 기어오른 잎벌레 한 마리 동그랗게 갉은 떡갈잎 구멍으로 밑바닥을 내려다보고 있다 잎벌레는 질렸다 춥고 긴 그리움이 그러했듯 바닥 모르게 차올라 있는 저리 푸른 그늘빛

점멸

폭포의 뒷벽에다 칼새가 집을 지었다. 드나드는 것이 여름내 목격되었다. 내리쏟는 물발을 뚫고 드나들고 있었다. 물살에 씻긴 날개가 반짝거렸다. 가을이 깊고 물빛이 맑은 한참 뒷날에는 마침내 발톱과 부리 끝이 빛났다. 그러고는 언뜻 폭포를 직등直登했다. 파닥이며, 물방울을 튀기며, 물줄기에다 발톱을 꽂아가며, 빠르게 디디고 위로 올라갔다. 폭포를 넘어가고 더 위로, 저 멀리 공중에서 빛났다. 지금은 공중을 드나든다. 반짝 빛난다.

숙업宿業

종달새는 풀밭에다 둥지를 틀고 갈색 반점이 찍힌 작은 알 너덧을 낳는다. 그런데 그놈은 처음부터 달랐다. 무작정 내川로 걸어 내려오더니 온 냇바닥을 나돌면서 자갈돌을 뱉어 내댔다. 자갈돌은 쌓이고 덧쌓여서 냇바닥과 냇가 풀밭과 풀밭 너머 들판을 차례로 묻고, 마침내 하늘 아래를 묻었으므로, 지금은 그놈마저 묻혀 있는 지경인데, 묻혀서도 그 짓을 그만두지 않는다. 저만치 자갈더미 속에서 또, 탁, 자갈돌 뱉는 소리가 난다.

알을 슬다

가렵다가 말겠지, 했는데 그 모기는 뜻밖이었다 피를 빨고 내 몸에다 알을 슬어놓았다

알이 깨서 자라는 동안은 잠이 오지 않았다 몸뚱이 여기저기서 모기 우는 소리가 들렸다 온몸의 핏줄기가 하얗게 마를 무렵 성충이 된 모기가 살가죽을 뚫고 밖으로 나왔다 날개를 털며 날아올라서 하늘의 아랫배에다 긴 침을 꽂고는 눈빛을 번쩍이며 내려다본다

왜 나는 지금 하늘을 가리는가?

굴뚝새

얼음의 날刃에 발바닥이 찔린다. 눈 조각이 스쳐서 이맛살이 베이는 한철이다. 촘촘한 가시덤불을 굴뚝새 무리가 빠르게 드나든다. 덤불 틈새에 깃털 떨어지고 은빛 가시들 반짝인다. 굴뚝새는 내게로도 날아들었다. 갈빗대 사이에다 구멍 하나 내더니 벌써 여러 날째 분주하게 드나든다. 새는 오직 가시를 물어 날랐다. 내 몸통에 가시가 꽉 찼다. 찔리고, 옆구리는 심하게 결린다. 밭은기침을 하며 구부리고 걸어서 어스름 내리는 겨울 저녁을 건너간다.

통증

어떤 종류의 어미 거미는 갓 깬 새끼 거미에게 먹힙니다 먹히고 남은 잔해가 그나마 공중에 달린 것인데, 남은 절족節足 두엇을 움켜서 해진 거미줄을 쥐었습니다

오늘도 삐걱삐걱 하늘문을 여닫으며 공중에서 거미줄을 헤쳐 놓은 세찬 바람이 내 몸을 들락거렸습니다

지금은 바람이 자서 조용해졌고 텅 소리 나게 빈 하늘만 거미줄 너머로 넘겨다보입니다

하늘도 바람에 쓸렸겠지요 새파랗습니다 나도 속속들이 쓸렸습니다. 끔찍하게 쓰립니다

서슬 푸른 하늘 아래에서 구부리며 두 손으로 움켜서 나는 깊은 속일수록 쓰라린 몸뚱이를 그러쥡니다 그러쥐인 것이 그런데, 뱃가죽도 창자도 아무것도 없습니다

삼동

깜깜한 공중에서 바람에 꺾인 죽지들이 뚝뚝 부러지고 있다. 까마귀 여러 마리가 떨어져서 눈밭에 묻힌다. 퍼렇게 안광 켜고 산등성이를 넘어오던 멧돼지들은 넘어지고, 여우굴에서는 눈썹이 센 은여우들이 밤을 지새며 운다. 몇 밤째 무너져 내리는 눈바람 소리. 눈바람이야 쌓여서 등성이를 뒤덮겠지만 아뿔싸, 등성이 아래에 웅크린 사람의 등허리를 뒤덮었으니……

나뭇가지길

옥동玉洞마을* 어귀에 선 250년 묵은 노송 한 그루, 하늘 중턱에 걸쳐놓은 가지가 반들하게 닳았습니다. 죽을 작정하고 오르내렸다 쳐도 하필이면 그 길인데 흔적 남겼겠느냐고 늙은 들쥐는 탁 침 뱉고는 그만이고, 나야 잿밥 남은 것밖에는 마음 쓰는 것 없다고 까마귀란 놈은 아예 거들떠보지 않습니다. 그렇다면 오직 사람들입니다. 별들이 호롱불 켜 들고 늘어섰던 한밤중일까요? 어둔 골목길을 걸어온 이들이 반쯤 덜 깬 꿈길로 디디고 올랐겠습니다. 실낱같은 목숨도 챙기지 못해서, 아주 내버릴 빈 몸으로만, 외나무다리 건너듯 밟고 올랐겠습니다. 바람 소리 자욱한 나뭇가지길, 길 끝에 빤하게 하늘이 내다보입니다.

* 장흥, 관산읍

정상론

한눈판 것이 죄여서 발부리 차며 고꾸라진 것이야 마땅한 죗값이라 치더라도, 그렇게 고꾸라지며 엎어지며 짓찧어서 고르고 말짱하던 땅바닥에다 울퉁불퉁하게 면상을 찍어놓는 죄를 보탠다거나, 땅 짚고 일어나서 흙먼지 털고 보니 손바닥에 화인火印 찍히듯 청달개비꽃 몇 잎이 꽃잎째로 찍혀 있다거나

하는, 그런 일은……

적막

새들은 발톱을 세워서 나를 헤쳤다
살가죽이 파이고
깊게는 뼈가 드러났다 머리 꼭대기가 비었다
차게, 바람 불고
진종일 구름 그림자가 스쳐가서
그나마 남은 나는 닳았으므로
기다리기를 그만두고
병이 깊다
두려워하며 남루를 벗고 뼈를 내걸어 말리는 저녁에
빈 소리 텅텅 울리는 하늘을 본다
하늘 천장에
깜깜한 돌멩이 한 개 부딪치고 있다

툇마루

깻묵가루 쏟듯 어둔 하늘의 짓이거나
선잠에서 눈 뜬 별들의 노릇이겠네
허공 어디쯤에 추녀 달아내는지
희고 빠른 손들이 언뜻언뜻
쭉 곧은 서까래 목을 들어 올리고 있었어
지붕 밑 그늘이 낯설지 않았다네
추운 발등에다 손바닥 포개 얹고 앉아서
어머님은 오랫동안 기다리셨다 했고
대뜸 나를 눌러 무릎에 누이시더니
몸에 박인 굳은살을 한 점 한 점 저며내셨네
무르팍과 팔꿈치는 칼끝으로 헤쳐서
뼛조각들을 추려내셨는데
서리 앉은 당신의 어깨를 넘어서
그때, 달이 떠올랐다네
추녀 끝에 걸린 노랗고 둥근 달.

바람 속에서

끝없는 들판을 바라본 적 있다 개미 한 마리 안 보였다 오직 바람이 불어서

개가 걸어갔다 절뚝거리면서 다리가 꺾이면서,

그 며칠 사이에

가슴 안 깊이에다 눈물방울을 갈무리하던, 비틀거리면서 넘어지면서 빈 들을 건너던 시절이

덧없이 저물었다

바라보고 서 있어도 이내 어둔 들 건너에 불빛 두엇 켜지고, 거기서

개가 짖어댔다 닳고 쉰 소리로 지금까지 저렇게……

남한강

강을 오래 바라보거나 따라 걷는 일이 잦다
신륵사에 닿아서는 모래바람 자욱한 남한강으로 내려갔다
미리 물가에 내려가서 기다리던 몇 나무는
허리가 굽어 있었다
저러고도 여러 날을 버텼겠지, 뒷덜미와 등줄기에
흙먼지 쌓여서 두터웠지만
나무들은 아랑곳하지 않았다
굽혀서 물 가까이 숙이고
물속처럼 깊어지며 조용히 흐르는
강이 되어가고 있었다.
강에서는 바라보거나 따라 걷는 것이 아니라 함께 흐르는 것을……
마른 잎에 모래바람 들이치는 소리 저물 무렵,
조금씩 굽으며 어두워지는 내 등에다
나무가 가지를 얹었다

지리산

송곳니에 턱이 뚫린 멧돼지나 발바닥이 닳아 해진 늙은 곰이나 눈은 멀고 무릎이 무너진 큰 짐승들이

제 발로 찾아가서 죽는 골짜기가 있다

진종일 산등성이를 걸은 사람은 까마득 쓸려 내려간 골바닥에서 파란 날끼빛이 뒤척이는 것 보았다 했고

구름에 덮여서 걸음걸이가 어둡다는 사람은 어두워지며 죽는 저녁 하늘을 어찌 쳐다보느냐고 도리질했지만

솔기 터지듯 틈 벌어지는 구름장 사이로 날개 긴 새가 느리게 저으며 들어가는 것을,

하늘로 간 새는 돌아오지 않는다는 것도, 모른다고는 누구도 말하지 않았다

상수리나무에 기대다

가까운 거리에 키 큰 나무가 서 있다

돌덩이로 쿵, 쿵, 쿵, 둥치를 찍어대던, 툭, 툭, 툭, 상수리 열매 떨어지던 날들이 아무 일 없는 듯 지나갔다

가슴살 비벼대며 나무속으로 파고들던 날이 저물고

많은 날들이 지난 뒤에, 더께 낀 나이테 위에다 손바닥을 펴 얹는다 손목까지 푹 빠진다

쿵, 쿵, 쿵, 울리는 하늘 귀퉁이에 툭, 툭, 툭, 상수리 열매 떨어지는 소리 쌓이고……

쉬려 한다 생채기는 못다 아물었지만 누우면 잠이 곤하다

키 큰 나무 그늘을 당겨 몸을 덮는다

둥지

산마루에 눈바람이 쌓였다는 전갈이 왔으므로
뚜벅뚜벅 걸어서 내려오곤 하던 산길이 어두워졌으므로
귀가가 늦은 나무들을 찾아서 산으로 들어갔다
나무들은 골짜기에 모여 있었지만
등덜미를 다독이며 타일러도 아름으로 안고 달래도
집에 돌아갈 형편이 아니라 했다
저마다 둥지를 얹고 있어서
새들이 주둥이를 포개고 잠들어 있어서
둥지를 내려놓는 일은 차마
못 한다 했다
떨며 가슴 죄일 나무들을 내버려두고는
한겨울의 공중에다 새들을 재워두고는 더욱
나도 골짜기를 떠날 수 없었다
무작정 남아서 기다린다
그사이 눈바람은 산중턱을 다 덮었고
이 밤에는 골짜기까지 내려오리라는
전갈인데……

겨울잠

웅크리고 감싸도 뼈가 시리다 흩어진 지푸라기들 모아 벗은 땅을 덮고 나뒹구는 돌멩이들은 묻어주며 간다

문득 길을 놓쳐 머뭇거리고, 손 비비며 건너다보는 북쪽으로부터 눈발이 날리기 시작하면

사람 위로 눈은 내리고

이 겨울 밖으로는 한 걸음을 내딛지 못하면서 가장 외진 땅까지 걸어온 죄에 대하여 묻는다

눈은 내려서 사람을 덮고도 더욱 덮는 때에 이르러,

해설

적막, 혹은 무한의 깊이

오형엽 문학평론가 / 고려대 교수

1.

위선환은 오랜 기간 시를 떠나 있다가 2001년 첫 시집 『나무들이 강을 건너갔다』로 독자들을 놀라게 하며 시의 마을로 귀향하였다. 도시의 어느 한 모서리에서 은둔하며 배회하고 있었을 그의 시정신은, 오랜 세월의 강물을 훌쩍 건너 뛰어 우리에게 선연한 자연의 순결을 가져다주었다. 이 순연한 자연의 원형적 모습에는 기나긴 시간의 흐름 속에서 누적된 고독과 아픔이 나이테처럼 새겨져 있고, 그 고독과 아픔을 견디며 그 무엇을 기다리는 인고의 정신이 스며들어 있다. 위선환의 시에서 오랜 시간의 터널을 통과하면서 주름으로 남은 고독과 아픔은 무엇이고, 그 닳음과 무너짐의 와중에서도 변함없이 견지되어 온 시정신의 지향은 무엇일까?

두 번째 시집 『눈 덮힌 하늘에서 넘어지다』는 첫 시집 『나무들이 강을 건너갔다』의 연장선에서 그 시세계를 심화시킨다. 위선환이 심사숙고하여 선택한 시집의 제목에는 시집 전

체의 의미를 엿볼 수 있는 모티프가 담겨 있다. 두 시집의 제목에 공통된 주어는 '나무'이다. 첫 시집에서 '나무들'은 '강'을 건너가고, 두 번째 시집에서 '나무들'은 '눈' 덮힌 '하늘'에서 넘어진다. '나무'는 지상에 뿌리를 내리면서 하늘을 향해 머리와 손과 온몸을 일으키고 있는 수직성의 존재이다. 시적 자아의 분신이기도 한 이 '나무'는, 따라서 이 땅의 현실에 존재하면서 '하늘'을 지향하는 상승의 의지를 지닌다. 그렇다면 '강'과 '눈'의 의미는 무엇이고, '건너가다'와 '넘어지다'의 의미는 무엇일까?

2.

위선환의 시는 자연의 상징들을 중심으로 회전한다. 자연의 상징으로 거대한 숲을 이룬 위선환의 시는 핵심적인 이미지들의 의미 연관을 통해 그 변주와 순환을 거듭한다. 두 시집의 제목에서 추출한 '나무'와 '하늘'의 이미지, '강'과 '눈'의 이미지, '건너가다'와 '넘어지다'의 이미지를 이정표 삼아 이 의미의 연쇄 구조를 추적해 보기로 하자. 다음 시는 '나무'와 '하늘'의 이미지를 중심으로 위선환 시의 지향점이 형상화된 작품이다.

> 뻗친 것이라 한다
> 나무가 뻗쳐서 가지가, 이파리가 되고

사람이 뻗쳐서 그리움이 된다 한다
어떤 사람은 뻗쳐서 나무에, 하늘에 닿는가
어떻게
사람과 나무가 한 몸이 되어 하늘로 뻗치고
하늘이 되고
온 하늘에 뻗친 가지가 되고
하늘의 가지에다 온갖 별자리를 매다는가
어떤 그리움이 뻗쳐서
그리 많은 별빛을 켜는가
하늘은 어떻게 길을 내주고
한 사람은 공중에서 길을 비치며
별빛을 데리고
지상으로 내려오는가

—「뻗침에 대하여」 전문

'나무'의 뻗침은 가지와 이파리를 통해 '하늘'에 닿으려 하고, '사람'의 뻗침은 그리움이 되어 '하늘'에 닿으려 한다. 그러므로 '나무'와 '사람'은 동격이다. "사람과 나무가 한 몸이 되어 하늘로 뻗치고 / 하늘이 되고"에는 위선환 시의 중심 구도를 이루는 '나무'와 '하늘'의 수직적 관계망과 그 지향성이 선명히 제시되어 있다. 드높은 하늘을 향해 시종일관 추구되는 그리움과 염원은, 위선환의 시를 우리 시대에 찾아보기 힘든 서정성의 원형을 간직한 작품으로 기억되게 한다. 그리움이 뻗쳐서 하늘에 많은 별빛들을 켜는 모습은,

위선환 시인이 견지하고 있는 서정의 세계가 얼마나 맑고 깨끗한가를 잘 보여준다.

'별'은 지상적 존재가 궁극적으로 지향하는 하늘의 표상인 동시에, 시인의 모든 추구가 결집된 이상(理想)의 결정체이다. 이 '별'이 하늘의 은총에 의해서가 아니라 시인의 그리움이 뻗쳐서 켜들게 된다는 점에서, 이 시는 현실의 난관을 뛰어 넘은 시적 서정의 극점을 보여주고 있는 듯하다. 이렇게 '별빛들'이 켜들면, 하늘은 길을 내주고 한 사람은 모든 별빛들을 데리고 지상으로 내려오는 것이다.

그런데 이 시의 전개 과정에서 구문 상의 근간을 이루는 "어떤" 및 "어떻게"와, "닿는가" "매다는가" "켜는가" 등 의문형의 서술어미는, 이러한 시적 서정의 세계가 시인의 염원을 투영하고 있을 뿐 현실의 공간에서 실현되기 어려울 것이라는 점을 암시적으로 보여준다. 5행의 "어떻게"는 호흡이나 형태면에서 돌출하고 있다. 시인도 무의식적으로 구사하였을, 이 "어떻게"에는 7행의 "하늘이 되고"에 이르기까지의 과정이 반드시 순조롭지만은 않다는 의미가 숨겨져 있다. 시적 서정의 추구와 그 좌절의 드라마라는 숨은 의미망은 우리로 하여금 "어떤 사람"과 "어떤 그리움"을 수렴하면서 궁극적으로 제시되고 있는 "한 사람"의 정체를 질문하게 한다. "한 사람"은 누구인가? 시인 자신인가 타자인가, 타자라면 타인인가 무한자인가? 이 질문에 답하기 위해서 우리는 시집의 제목에서 추출한, '강'과 '눈'의 이미지에도 주의를 기울여야 한다.

구름 속에 든 새는 젖는다고
등덜미와 눈망울이 흠뻑 젖은 다음에는
발가락을 동그랗게 오그려서 마침내
이슬 한 방울이 되는 것이라고
잔가지에 내려앉은 박새가
흔들리는 가지 끝에서 잘게 떨다가
초록 이파리 한 잎으로 갓 피어났듯이
구름 속에 든 새가
구름 속에서 눈망울이 젖은 다음에는
처음 닿는 햇살보다 푸르게
초록 이파리에 맺히는
이슬 한 방울이 아니면
무엇이 됐겠느냐고
그렇게,

—「새소리」 전문

첫 시집에서 주로 '나무'를 중심으로 시적 자아를 표상해 온 위선환은 이번 시집에서 '나무'와 더불어 '새'를 통해서도 시적 자아를 표상한다. '새'는 비상을 통해 '나무'의 수직성을 하늘에까지 상승시키는 존재이다. 따라서 인용 시에서 하늘로 비상한 새는 구름 속에 들고, 구름 속에 든 새는 젖어서 이슬 한 방울이 된다. '구름'과 '이슬'이 하나의 의미 연관을 이루는 것은 그것이 지닌 '물'의 이미지 때문이다.

위선환 시에서 '물'은 시적 자아와 동격인 '나무'나 '새'를 적시며 메마른 살과 뼈의 폐허를 위로하는 이미지로 등장한다. '물'의 근원은 지상이 아니라 하늘이라는 점에서, 이것은 하늘이 내리는 은총이기도 할 것이다. 인용 시에서 구름 속에 든 새가 젖어서 햇살보다 푸르게 초록 이파리에 내리고 맺혀서 한 방울 이슬이 되는 장면은 이를 선명히 보여준다. 이 장면을 비유하는 대목 "잔가지에 내려앉은 박새가 / 흔들리는 가지 끝에서 잘게 떨다가 / 초록 이파리 한 잎으로 갓 피어났듯이"는 서정시인으로서 위선환의 자질을 유감없이 보여준다. 이 문장이 전달하고 있는 섬세한 떨림과 여운은 그 자체가 바로 제목인 '새소리'의 청각적 울림이기 때문이다.

그런데 여기서 우리는 '강'과 '눈', '구름'과 '이슬' 등의 '물' 이미지에 은총의 의미 이외에도 현실의 고독과 상처를 가중시키는 검은 수심(水深)의 의미가 개입되어 있다는 점을 감지해야 한다.

> 어느새 나를 앞질러 가서 하늘 아래에 닿은 강이
> 오래 흐른 몸을 길게 뉘어 잠재우고
> 먹먹하게 울음 차는 강물 위로 어둠이
> 모래더미처럼 허물어져 내린다
> 강물도 몸을 헐며 어둑하게 숨죽고 두껍게

묻힌다

나도 묻힌다

모래톱을 더듬어 내려가는 발목이 묻히고

아랫도리가 묻히고

차츰 허물어져서

조금씩

물에 잠긴다

—「탐진강 11」 부분

오래 흘러 하늘 아래에 닿은 강물은 스스로 몸을 뉘어 잠재우고, 그 위로 어둠이 허물어져 내린다. '강'과 '하늘'이 맞닿는 자리임에도 불구하고 생겨나는 이 어둠은 무엇인가? '강물'도 '나'도 묻히고 허물어져서 잠기는 이 늪 같은 검은 물의 깊이는 절대 고독과 허무의 세계일 것이다. 이 세계는 시인이 미리 바라본 "사람들이 돌아간 뒤로도 한참이나 깊어질 세상의 적막"(「연비(燃臂)」)이다. "진종일 몸 안으로 물소리가 흘러서 / 뼈마디와 살틈이 하얗게 씻기"(「탐진강 17」)고 "아무리 웅크리고 감싸도 뼈가 시리"며 "가장 외진 땅까지 걸어온 죄에 대하여 묻"(「겨울잠」)는, 이 세상의 고통과 적막은 결국 "무한하게 푸르고 먼 하늘"이 "춥고 빈 하늘"(「섬」)로 전환되는 양상과 관련되어 있다. 이 적막은 어디에서 오며, 그것을 넘어서는 방법은 무엇일까?

3.

위선환의 시는 '나무의 뻗침'과 '새의 비상'을 통해 '하늘'을 지향한다. 시인의 하늘 지향은 불가능에 대한 추구라는 점에서 좌절의 아픔을 겪을 수밖에 없는데, 이 좌절은 시인이 껴안고 견디며 나아가야 할 천형이며 원죄이기도 하다. 위선환은 이 천형의 고뇌를 자아와 현실의 폐허로, 그리고 적막으로 형상화한다. 그러므로 '적막'은 위선환이 추구하는 '하늘'이 도달할 수 없고 만질 수 없는 '무한'의 세계이기 때문에 생겨나는 것이다.

몇 걸음 내려서자 버스럭대며
겨드랑이와 가랑이 사이에 잎사귀들 묻힌다
부러진 낫날 파묻고 가는 찬 들 바닥 여기저기에
낱알같이 흘려 있는 새 울음소리들.
가을에 부는 바람 끝은 어느 하늘에 닿아 있는지,
엎드리고 싶은, 죄보다 짙푸른 하늘 복판에 몇 잎씩
가랑잎 자국들 눌려 있다
몇 마리인지
일찍 떠난 새들은 지금
하늘이 숨죽는 높이를 건너가고 있는 듯,
잰 발놀림은 보이지 않지만
환하게 드러난 허공의 등줄기를 밟아가며
점점이

발자국들 찍힌다

마지막처럼 아프다 나는,

—「교외에서」 전문

가을에 부는 바람이 하늘에 닿아 있는 듯, 하늘 복판에는 몇 잎씩 가랑잎 자국들이 눌려있다. "죄보다 짙푸른 하늘 복판"이라는 표현은 염원하지만 닿을 수 없는 무한의 세계에 대한 좌절에서 연유되며, 이러한 원죄 의식은 위선환의 시적 공간에 보이지 않지만 거대한 우물을 뚫어놓는다. 이 허무와 적막의 세계는 인용 시에서 "허공"으로 제시되어 있다. 시인은 하늘이 지닌 무한의 높이에 닿고자 혼신을 다하지만, 그곳에 도달하지 못하고 다만 그 세계의 비밀을 얼핏 엿볼 수 있을 뿐이다. "마지막처럼 아"픈 시인의 통증은 무한을 엿본 자만이 가질 수 있는 아픔이며 허무인 것이다. 그러면 시인은 이 무한의 세계를 어떻게 엿보는가?

빛살을 그으며 내려 뻗은 별빛들이 숱한 벌레집 안을 낱낱이 밝혀서 온 들판이 별밭이다 가을이 깊고 가을의 안쪽으로 훨씬 깊어진 내 안에도 별빛은 내리비추지만

비친 것이라곤 고작 바짝 마른 가슴 안벽과 툭툭 불거진 뼈마디들과 목숨이 비집고 드나드는 틈새기뿐, 더 아래쪽은

캄캄해서 보이는 것이 없다

빛이 닿지 못하는 공동이 사람의 아래쪽에 있다

—「공동(空洞)」 부분

빛살을 그으며 내려온 별빛들은 벌레집 안을 밝히고 시적 자아의 내부도 비춘다. 하늘에서 내려온 별빛이 시적 자아의 내부를 비추지만, 비친 것은 고작 마른 창자 안벽과 뼈마디와 목숨이 비집고 드나드는 틈새기 몇 개뿐이다. 그리고 하늘의 은총인 별빛으로도 모두 환하게 밝힐 수 없는 공동(空洞)이 존재한다. 여기서 우리는 '틈새'와 '공동'에 주목할 수 있다. "목숨이 비집고 드나드는 틈새기"는 지상의 존재와 하늘의 무한이 상호 침투하고 교류할 수 있는 여백을 만든다. 자벌레가 떡갈나무 잎사귀에 뚫려 있는 '구멍' 뒤로 빠져나가서 하늘 되는 방법을 보여준 「자벌레 구멍」이나, "존재의 틈바퀴"들이 하나씩 벌어지고 하늘의 눈초리에 파랗게 서슬이 서는 「솔방울」에서도, 이 '틈새'를 통해 무한의 세계로 진입하는 지상적 존재의 모습이 나타난다. 이 '틈새'는 위선환의 시작(詩作)이 나무와 하늘, 유한과 무한 사이의 구멍 뚫기와 다르지 않음을 잘 보여준다.

그러나 인용 시에서 보듯, 목숨이 비집고 드나드는 '틈새'를 발견하더라도 더 내려간 아래쪽에는 빛이 닿지 못하는 '공동'이 도사리고 있다. 이 '공동'은 허무와 적막의 공간이며, 위선환이 엿본 우주의 비밀인 침묵, 즉 무한의 깊이이기도 하다. 위선환 시에서 '바라봄' '내다봄' 등의 시선이 중요한 계기로 작용하는 것은, 이러한 무한의 세계가 도달할 수 없으며 만질 수 없고 말할 수 없는 세계이며, 다만 주시하거나 엿볼 수 있을 뿐인 세계이기 때문일 것이다. 따라서 위선환 시의 근저에 자리 잡고 있는 적막과 허무의 세계는 우주의 비밀인 무한의 깊이를 엿본 자만이 형상화할 수 있는 언어 이전의 세계이자 언어 이후의 세계이다. 위선환 시의 적막은 단순한 허무와 고독의 세계가 아니라 무한의 깊이를 감지한 자의 절대 고독과 허무의 세계인 것이다.

그러므로 "하늘 흘러가고 드러난 저 허공에는 허공을 걸어가는 멧새 한 마리, 하늘 끝에서 날았다가 헛 날갯짓하고 떨어졌던, 몸은 떨어지고 하늘이 집어 올린, 하늘 뒤로 걸어서 허공까지 건너간, 지척만 걸어가면 허공 끝에 닿을, 작고, 빈, 그, 새."(「빈 새」)는 바로 시인 자신이다. "하늘에서 죽은 새는 하늘에 묻힌다"(「새의 비상」)라고 말하며 "우주의 댕기 끝"(「댕기」)을 들여다보는 위선환은, 무한의 깊이가 거울에 비쳐 형성된 현실의 적막과 허무의 세계를 형상화한다. 여기서 "사람의 여기저기에 박혀 있는 옹이들"(「돌밭」)의 아픔과 상처는 그저 바라보는 세계가 아니라 시인이 체험한 경험의 세계일 것이다.

1)

강을 오래 바라보거나 따라 걷는 일이 잦다
신륵사에 닿아서는 모래바람 자욱한 남한강으로 내려갔다
미리 물가에 내려가서 기다리던 몇 나무는
허리가 굽어 있었다
저러고도 여러 날을 버텼겠지, 뒷덜미와 등줄기에
흙먼지 쌓여서 두터웠지만
나무들은 아랑곳하지 않았다
굽혀서 물 가까이 숙이고
물속처럼 깊어지며 조용히 흐르는
강이 되어가고 있었다.
강에서는 바라보거나 따라 걷는 것이 아니라 함께 흐르는
것을……
마른 잎에 모래바람 들이치는 소리 저물 무렵,
조금씩 굽으며 어두워지는 내 등에다
나무가 가지를 얹었다

—「남한강」 전문

2)

개가 걸어갔다 절뚝거리면서 다리가 꺾이면서,

그 며칠 사이에

가슴 안 깊이에다 눈물방울을 갈무리하던, 비틀거리면서

넘어지면서 빈들을 건너던 시절이

　덧없이 저물었다

　바라보고 서 있어도 이내 어둔 들 건너에 불빛 두엇 켜지고,
거기서

　개가 짖어댔다 닳고 쉰 소리로 지금까지 저렇게……

—「바람 속에서」 부분

1)에서 하늘을 지향하는 시인의 염원은 "강을 바라보거나 따라 걷는 일"로 연결되는데, 하늘의 빛과 강의 물줄기에 닿으려는 시적 자아의 추구는 나무의 '기다림'과 '견딤'으로 형상화된다. "미리 물가에 내려가서 기다리던" 나무는 그 오랜 기다림의 고통으로 인해 "허리가 굽어" 있다. 그러고도 여러 날을 버티는 나무의 모습은 "조금씩 굽으며 어두워지는 내 등에다 / 나무가 가지를 얹었다"에서 보듯, 바로 시인 위선환의 모습이다.

2)에서 시적 자아의 '기다림'과 '견딤'의 자세는 '건너감'으로 변주되어 나타난다. 끝없는 들판을 바람에 닳으면서 건너가는 '개'는 절뚝거리면서 자주 다리가 꺾이지만, 한 시절이 덧없이 저문 지금까지도 다 닳은 소리로 짖어대고 있다. '건너감'의 자세는 하늘의 무한한 깊이를 지향하는 위선환 시인이, 그 별빛과 빗물과 이슬의 은총에도 불구하고 끊

임없는 고독과 고통을 견디며 그것을 딛고 나아가는 구도적 모습을 보여준다. 첫 시집의 제목인 '나무들이 강을 건너갔다'에도 이러한 구도의 자세가 내포되어 있다고 볼 수 있을 것이다. 이 '건너감'은 그 연장선에서 '넘어짐'의 양상으로 이어지면서 위선환 시가 지닌 의미구조의 중핵을 이룬다.

한없이 눈이 내리네
어둘 무렵에는 춥고 쇠약해진 나무들이
눈 덮인 하늘에서 넘어졌어
긴 밤 내내 눈은 내리고 뿌리째 넘어진 둥치가 갈수록 두텁게 파묻히는 것이
그게 다 그리움이더군
두 눈 환하게 뜨고 누워서
내리는 눈발을 세고 있을 것이라고, 눈꺼풀 쓸어 덮고
손발도 개어놓고
오겠다고,
우기고 걸어 들어간 시인은
아직
숲에서 나오지 않고

—「대설(大雪)」 전문

강을 건너간 나무들은 한없이 내리는 눈 속에서 어둠과 더불어 춥고 쇠약해진다. "눈 덮인 하늘에서 넘어"지는 나무

들의 고독과 아픔은 그리움의 깊이만큼 더해간다. '기다림'과 '견딤'의 자세로 '강'을 건너며 하늘을 지향하던 위선환은 한없이 내리는 눈에 덮인 하늘에서 넘어진다. 이 넘어짐은 숲으로 걸어 들어가 나오지 않는 시인의 도저한 자존의 깊이로 전이된다. 이 깊이는 바로 하늘이 지닌 무한의 깊이이며 그것을 담는 위선환 시의 깊이이다.

어쩔 것인가 나무가 맨몸으로
서리 내린 공중에서 잎을 벗는 일이나
벌레들이 흙속에서 엎드리며 숨을 묻는 일이나
사람이 외지고 먼 길을 오래 걷고 야위는 일들이, 다
하늘에 닿는 일인 것을
닿아서는 깊어지며 푸르러지며 마침내
하늘빛이 되는, 바로
그 일인 것을

—「하늘빛이 되는」 부분

나무가 맨몸으로 잎을 벗는 일이나, 벌레들이 흙속에서 숨을 묻는 일이나, 사람이 오래 걷고 야위는 일들은 모두 자기를 비워서 하늘에 닿는 길을 여는 것이다. 하늘에 닿아서 깊어지며 푸르러져서 마침내 하늘빛이 되는 것이다. 여기서 우리는 위선환 시에 나타난 '허물어짐'과 '묻힘'과 '잠김'은 그 '깊어짐'이라는 적막의 깊이를 통해 무한의 높이로 상승

하려는 시도임을 알게 된다. 그리고 눈, 비, 강, 바다, 이슬 등의 '물'의 이미지가 보여주는 '추위'와 '아픔'은 그 '젖음'을 통해서만 깊어지고 푸르러져서 하늘의 높이에 닿을 수 있는 매개체가 됨을 알게 된다. 결국 위선환 시의 중요한 자세를 이루는 '기다림'과 '견딤', '건너감'과 '넘어짐'은 자기를 다 헐고 비워내는 적막의 깊이를 통해 무한의 높이에 이르는 길을 열고 있다. 이 지점에서 위선환 시의 적막은 무한의 깊이와 하나로 만나게 되는 것이다. (2003. 8)

나무 뒤에 기대면 어두워진다

1판 1쇄 인쇄 2019년 2월 1일
1판 1쇄 발행 2019년 2월 10일

지은이 위선환
발행인 윤미소
발행처 (주)달아실출판사

책임편집 박제영
디자인 박상순
마케팅 배상휘

주소 강원도 춘천시 춘천로 17번길 37, 1층
전화 033-241-7661
팩스 033-241-7662
이메일 dalasilmoongo@naver.com
출판등록 2016년 12월 30일 제494호

ISBN 979-11-88710-28-7 03810

• 이 도서의 국립중앙도서관 출판예정도서목록(CIP)은 서지정보유통지원시스템 홈페이지(http://seoji.nl.go.kr)와 국가자료공동목록시스템(http://www.nl.go.kr/kolisnet)에서 이용하실 수 있습니다.(CIP제어번호: CIP2019000799)
• 잘못된 책은 구입한 곳에서 바꿔드립니다.
• 책값은 뒤표지에 표시되어 있습니다.